―書き下ろし長編官能小説―

わけあり人妻マンション

鷹澤フブキ

竹書房ラブロマン文庫

目次

序章 5
第一章 寂しい美妻の敏感乳房 34
第二章 カメラに悶える爆乳コスプレ妻 111
第三章 単身赴任妻の隠れた欲情 167
第四章 吊り橋効果で結ばれて 225

この作品は、竹書房ラブロマン文庫のために
書き下ろされたものです。

序章

ピピッ、ピピピッ……。

枕元に置いたスマホが賑やかなアラーム音を立てて、朝の訪れを告げる。奥山浩之はうーんっとくぐもった声を洩らすと、目元を指先でこすりながら上半身を起こした。

歯磨きと着替えを済ませ二階から一階へと降りると、ダイニングキッチンに置かれたテーブルには父親の姿があり、すでに母親がこしらえた朝食を口元に運んでいた。

「おはよう」と声をかけると、父母からも「おはよう」と返ってくる。それが合図のように椅子に腰をおろす。

伯父が営む不動産会社に勤める、二十五歳の浩之の平日はこうして始まる。七歳年上の兄である浩嗣は就職と同時に実家を出たので、三人だけの暮らしになって十年が過ぎていた。

できるだけ家族で食卓を囲むのは、浩之が子供の頃からの変わらない習慣だ。温かいものは温かく出したいと日頃から口にしている母親が、ご飯茶碗と汁椀を差し出す。

今朝のおかずは焼き鮭で、味噌汁の具は油揚げとワカメだ。「いただきます」と手を合わせてから箸に手を伸ばす。

「ところで、浩嗣が結婚する話は聞いているな」

鮭をほぐしながら、唐突に父親が切り出した。

「もちろん聞いているよ。よかったじゃないか」

「それでだ。浩嗣が結婚を機に、この家に夫婦で戻ってきたいと言っているんだ」

「へえ、いい話じゃないか。母さんはずっと女の子が欲しいと言っていたよね」

箸を持った手を休めることなく、浩之は言葉を返した。壁にかけられた時計にちらりと視線をやる。少し急がないと、いつも乗る電車に乗り遅れそうだ。

「お前が喜んでくれてよかったよ。博嗣が夫婦で戻ってくるから、この家を二世帯でも暮らしやすいようにリフォームしようと思っているんだ」

「いいんじゃないかな。母さんもキッチンをリフォームしたいって言っていたし」

時計の針を気にしながら、浩之は朝食を口元に運ぶ。

「そうなのよ。ずっとリフォームしたいって父さんにお願いしていたんだけれど、やっと首を縦に振ってくれたの。よかったわ、浩之も賛成してくれて」

母親が嬉しそうに声を弾ませる。

「それでな、さすがに新婚夫婦がひとつ屋根の下で暮らしていると、お前だって気を遣うだろう。どうだろう、この機会にひとり暮らしをするっていうのは？」

母親の言葉を引き継ぐように、父親が当たり前だというように本題を口にした。

「ええっ！」

思ってもいなかった父親の言葉に、浩之は驚きの声をあげた。

「浩嗣は就職と同時に実家を出て行ったんだ。お前だってそろそろひとり暮らしをしたほうがいい年だろう」

「急にそんなことを言われたって……」

浩之は言葉を詰まらせた。多少の生活費は渡しているが、ひとり暮らしをするとなると家賃などもかかるので、生活が一変することは間違いない。

「まあ、いきなり家を出されても困ると思って母さんにも相談をしたら、母さんが所有しているワンルームマンションに管理人として住んでもいいと言ってくれたんだ。管理人として住むなら、家賃は要らないっていうんだからいい話じゃないか」

父親が言う〝母さん〟というのは、浩之にとっての祖母のことだ。

「お祖母さんのワンルームマンションって、女性専用のマンションのことだろう。そんなマンションに住むなんて……」

「逆だよ。女性専用だから男の管理人がいたほうがいいんだって言われたよ。いまどきはストーカー問題とかもあるから、番犬代わりになって欲しいらしい」

「だっ、だからって……」

浩之は納得できないという表情を浮かべた。確かに兄が結婚することはめでたいことだし、両親と暮らしてくれるというならば先々のことを考えても安心できる。

それでも、ひとりだけ仲間外れにされるような疎外感は否めない。そう感じると、めでたいはずの結婚話も手放しでは喜べなくなってしまいそうだ。

「その話は改めて聞くよ。のんびりしていると遅刻しそうだから」

この場をやり過ごすような言葉を口にすると、浩之は通勤用のカバンを手に自宅を後にした。

リフォームもできるって母さんは浮かれているし、次男だった父さんは家は長男が継ぐもんだって考えかただからな。ぼくが家を出たくないってゴネたところで、無駄なことだよな……。

これから仕事だというのに、いきなり突きつけられた現実が両肩に重くのしかかってくる。

なるようにしかならないな、と浩之は自分を勇気づけるように両肩を軽く揺さぶると、鳩尾（みぞおち）の辺りに力を蓄え、ふんっと大きく息を吐き出した。

兄の浩嗣が新妻を伴（ともな）って実家に戻ってくるという話は、浩之が想像していたよりもずっと早いピッチで進んだ。

兄夫婦が戻ってくることによって、トコロテンのように実家から押し出されることになった浩之だけではなく、父母もリフォーム期間中は賃貸物件に仮住まいをすることになったからだ。皮肉なことに、父母が借りる物件を仲介したのは、不動産会社に勤めている浩之だった。

こうして、あれよと言う間に浩之自身も、祖母が所有している独身女性専門のマンションに、管理人として入居することになった。

引っ越しをするといっても、浩之の家財道具は八畳の部屋に収まる程度のものだ。冷蔵庫や電子レンジ、洗濯機などの生活家電などは長男の結婚に気をよくしている父母が購入してくれた。

祖母が所有している女性専用のマンションは勤務先から歩いて通える距離にあり、一階にある管理人室は事務室と居室が鍵がかかるドアによって仕切られた造りになっている。これならば、プライバシーも確保できる。

もともとは祖母が趣味の手芸を教える教室としてマンションの一角を使用していたが、後に管理人室として使えるようにリフォームしたそうだ。

しかし、管理人が常駐することになると賃貸料をあげざるを得なくなる。そうなると、入居率がさがる可能性があるので結局管理人が常駐することはなかった。

そんな諸事情もあって、管理人室はリフォームされたばかりの状態を保っていた。

荷ほどきをすると、ここが新しい生活の場になることを改めて実感する。こうして浩之の生まれて初めてのひとり暮らしがはじまった。

管理人といっても名ばかりで、昼間はいままでどおり不動産会社で仕事をすることになっている。もともとこのマンションは管理人が常駐や巡回することを、契約上の条項には盛り込んでいない。

管理人としての仕事があるとすれば、管理人室の前にお義理程度に記載された専用のスマホの番号に住人からの電話がかかってきた場合に対応をすることだ。

とはいえ、管理人としての経験がない浩之にできるのは、設備などに不具合があったときに専門業者に連絡を入れることくらいだ。

マンション自体の築年数が経過しているので多少の経年劣化は見られるし、女性専用を謳っているとはいえオートロックでもなければ、エレベーターもついていない。

しかし、駅から徒歩圏内であることや敷金や礼金などがないこともあって、部屋はいつもほぼ満室状態なのだった。


んっ、前を歩いているのは三階に住んでいる武藤さんじゃないか……。

仕事を終え、自宅へと向かっていた浩之は前を歩いている女の後ろ姿に見覚えがあることに気がついた。

管理人としてしばらく暮らし、最近ようやく入居者の顔と名前が一致してきている。

二十五歳で予備校の講師をしている武藤若葉とは、朝のゴミ出しなどでたびたび顔を合わせていた。

肩よりも少し長いさらさらとした黒髪と、眉毛の下あたりで切り揃えた前髪が若々しい雰囲気を漂わせている。前髪の下からのぞく、アーモンドを思わせる瞳も印象的だ。講師という職業柄か、よく通る声で挨拶をしてくれる。

だが今日は、彼女はいつもと少し様子が異なっていた。

なんだか妙な感じだな……。

少し速足の若葉はときどき立ちどまっては、周囲を見回すような素振りをしているのだ。まるで尾行されていないかを確認しているみたいだ。その姿は涼やかな声で挨拶をしてくれる彼女とは、まるで別人のように思える。

まさか誰かに尾行けられてるのか……？

そんな疑問が湧きあがってくる。思わず目を凝らして彼女の後ろ姿を見つめた。しかし、誰かが尾行しているようなようすはない。

それでも、彼女は交差点や路地に差しかかるたびに背後を振り返って、尾行している人間がいないかを確かめている。彼女の背筋から漂うただならぬ雰囲気に、浩之は違和感を覚えた。

もとより男と女では歩く速度も違うが、若葉が頻繁に立ちどまるので追いついてしまいそうになる。しかし、彼女を追い越してはいけないような気持ちに駆られた。

管理人としての責任感からなのか、ひとりの男としての正義感からなのかはわからないが、彼女が無事に帰宅するのを見届けなければという思いが込みあげてくる。

まるで、はじめてのおつかいに出た幼い子供を、背後から見守る親のような心持ちとでもいえばいいのだろうか。

浩之は彼女に気取られないように、一定の距離を保ちながら背後をゆっくりと歩いていく。見ようによっては、浩之自身が彼女を尾行しているみたいだ。

しかし、緊張感を滲ませる若葉は、浩之の存在にはまったく気が付いていないようだ。もしかしたら尾行しているかも知れない人間に心当たりがあるのかも知れない。

ふたりの距離は五十から六十メートルほどだろうか。浩之は彼女の姿を見失わない距離を保ちながら歩いていく。

途中コンビニなどに立ち寄ることもなく、若葉はマンションへと帰り着いた。注意深く見守っていたが、彼女を追跡する者の姿を確認することはできなかった。

マンションの敷地内に入ったところで、彼女は安堵したようだ。一階の正面玄関にある郵便受けのところで、浩之は若葉に追いついた。

声をかけようか迷ったが、素知らぬ顔をする方が不自然に思える。

「こんばんは。いまお帰りですか?」

背中を向けている若葉を驚かせないように、ややスローなテンポで声をかける。彼女は驚いたように肩先をびゅくんと震わせると、恐る恐るという感じで振り返った。

「あっ、管理人さん……」

声の主が浩之だとわかると、若葉は一瞬まぶたを伏せて大きく息を吐き洩らした。

「なにか、ありましたか?」

「あっ、いえ……」

浩之の問いに、若葉は言葉を濁した。ぎこちなく逸らした視線の動きからも動揺ぶりがうかがえる。

「なにか心配なことがあればお聞きしますよ。これでも管理人ですし、守秘義務がありますから」

浩之はやや声のトーンを落として言った。不動産業に従事しているので、家庭内暴力などから逃げたいという人妻からの問い合わせを受けることもある。そんなときには、安心感を得るために守秘義務という言葉を使う場合がある。

「守秘義務……。そうですよね、実はわたし……ストーカー被害に遭っていて……」

「ストーカーですか」

声を潜めた若葉の声に合わせるように、浩之も声のトーンをさらに落とした。若葉は落ち着きなく辺りを見回した。周囲には聞かれたくない話のようだ。

「わかりました。よかったら、管理人室でお聞きしましょうか」

「えっ、管理人室って……」

「あっ、ヘンな意味じゃありませんよ。管理人室は事務所部分とぼくの部屋が完全に区切られているんです」

わずかに訝るような若葉の表情に、浩之は足りなかった言葉を慌てて補足した。

「ああ、そうなんですね」

「もちろん、武藤さんがよかったらの話ですが……」

「わかりました。すみません。わたし……引っ越してきて二カ月くらいで……」

「いや、ぼくも管理人になったばかりで、入居者さんたちのこともよくわかっていなくて……」

「そうだったんですか。そういえば、管理人室の前の張り紙は以前はなかった気がします」

　若葉は納得がいったように小さく頷(うなず)いてみせた。しかし、その表情から緊張感が消えることはなかった。

　ストーカー被害というからには、なにか事情があるに違いない。浩之は管理人室の鍵を開けると若葉を室内に招き入れた。

　奥の居住スペースは自身の部屋だが、事務所部分は共有部分だと認識しているので常に整理整頓を心がけ、訪問者があっても恥ずかしくない状態を保っている。さらにメンテナンス業者などが訪ねてきても困らないように、冷蔵庫の中にはペットボトルの飲み物も数本入れてある。

「冷たいお茶しかないんですけど」

そう言うと、浩之は五〇〇ccサイズの緑茶を手渡した。不安にさせないように、事務所の入り口の鍵はあえてかけずにおいた。

「本当に事務所っていう感じなんですね」

室内には祖母が趣味の手芸教室をしていた頃から使っている、木製のテーブルとソファが置かれている。テーブルを挟んでソファが置かれているので、企業の応接室のようだ。

ソファに腰をおろすと、若葉は事務所内をぐるりと見回した。向かい合うように浩之も椅子に腰かける。

「それで、ストーカー被害っていうのは？」

浩之はいきなり核心に切り込んだ。

「あの……わたしは予備校に講師として勤務しているんですけれど……」

若葉は言葉を選ぶように話しはじめる。

「予備校の生徒さんっていうのは、いろいろと難しいところがあって。なんていえばいいのか。高校生や浪人生っていろいろと多感な時期でしょう。進学のことだけじゃなくて悩みを抱えていたりして……」

「うーん、ぼくも覚えがありますが、常になにかに悩んでいた気がします」

「そうですよね。講師は勉強のことだけを考えていればいいんだって、割り切っているタイプの同僚もいますけれど、わたしはそういうふうには割り切れなくて。だから、できる範囲内で相談に乗っていたりしていたんです……」

ぽつりぽつりと話す若葉の言葉に、浩之は相槌を打つように頷きながら耳を傾ける。女には男の声に魅力を感じる声フェチというのがいるらしいが、女らしいほどよい甘さを含んだ若葉の声はまるで心地よい音楽を聴いているみたいだ。

「最初は相談に乗っているつもりだったんですけれど、そのうちに生徒さんが……」

「生徒さんが……？」

「この本は面白いからと貸してくれたりしていたんですけど、そのうちに本の間に手紙とかを入れてくるようになって……」

「それって告白の手紙みたいなものですか？」

若葉はこくりと頷いた。

「わたしもいけなかったんだと思います。傷つけたりしてはと思って、はっきりと断ったりもできなくて。結局、その生徒さんのことを避けるようになってしまって」

「そうですね。避けられたりすると余計に傷ついたり、ムキになったりはしますね」

「ええ、たぶん傷つけてしまったんだと思います。そのせいか、予備校にも来なくなってしまって……」

「予備校には来なくなったけれど、その代わりにあなたにつきまとうようになったっていうんですか？」

「その生徒さんだってはっきりとわかっているわけではないんですけれど、その頃から予備校にヘンな手紙が届くようになって」

「それって脅しとかですか？」

「そこまでの内容ではないんですけれど、なんだか怖くなってしまって。それに予備校の帰りに尾行されているような気もして……」

「それで、このマンションに引っ越してきたんですか？　でも、勤務先は変わっていないんですよね」

「そこも悩んだんです。でも、年度の途中で辞めたり、勤務先を変えてもらうのは無責任ですから……」

思案に暮れたように若葉はため息をついた。ソファに浅めに腰かけた若葉は指先を絡（から）めるように組んだ両手をテーブルに乗せていた。祈るような仕草を思わせる、その両手は小さく震えていた。

「わかってはいるんです。先輩の女性講師に相談に乗ってもらっても、そんなのはよくあることで、細かいことをいちいち気にしていたらメンタルが持たないと言われました。わかってはいるんですけれど、なんだか怖くて」

うな垂れた若葉は両肩をわずかに上下させた。

「大丈夫ですよ。心配しなくても」

「でも……」

「見ていましたが、誰も武藤さんの後を尾行けてきたりはしていませんでしたから」

「えっ……」

若葉は驚いたように顔をあげると、浩之の顔をまじまじと見つめた。

「あっ、いや……。これでは、まるでぼくがストーカーや探偵みたいですよね。違うんです。さっきたまたま、前を歩いていた武藤さんが立ちどまって周囲を確認していたので、気になって後ろを歩いていたんです」

「あっ、やだっ……」

若葉は狼狽えたように口元を押さえた。彼女を安心させようと、思わず口に出してしまった後で慌てたのは浩之のほうだった。

「すっ、すみません。ただ、ようすがおかしかったので心配になってしまって」

必死で言い訳めいた言葉を口にする。

「こちらこそ、すみません。ご心配をおかけしてしまって」

若葉は浩之を気遣うように頭を垂れた。

「いえ、武藤さんが悪いわけではないですよ。それに学生の頃って、身近にいる年上の女性に憧れるものなんです。ぼくも学校帰りに友人たちと寄っていた、カフェのアルバイトのお姉さんを素敵だなって思ったりしていました」

「そういうものなんですか……」

「そういうものだと思います。十代の頃って一度くらいは学校の先生に憧れたりするじゃないですか。近くにいる大人って魅力的に見えるものなんだと思います」

「そんなふうに言ってもらえると、気持ちが楽になります」

思いつめたような表情を浮かべていた若葉は、テーブルの上に置かれたペットボトルのお茶に手を伸ばすと、喉（のど）を小さく鳴らしながら飲み込んだ。

「でも、予備校に届いた手紙っていうのは気になりますね。いまも持っているんですか」

「はい、自宅に保管しています」

「もしよかったらですが、心配なので見せてもらうことはできますか？」

「ええ、そうしてもらえると心強い気がします。予備校の上司に相談しても、ことを荒立てたくない感じで……。だったら、わたしの部屋に来てもらってもいいですか」

「えっ、武藤さんの部屋にですか」

「なかなか相談できる相手がいないので、不安でたまらなくて……」

若葉は縋るような視線を投げかけてくる。管理人として親身に相談に乗った浩之のことを信用しているみたいだ。

「わかりました。では、その手紙を見に伺います」

浩之の言葉に頷くと、若葉はソファから立ちあがった。ふたりは管理人室を後にすると、階段をあがって三階の若葉の部屋に向かった。

「このところ忙しくて散らかっているんですけれど……」

少し恥ずかしそうに言うと、若葉は部屋の鍵を開けた。このマンションは管理人室以外は、すべて八畳のワンルームタイプになっている。

ワンルームタイプはバスとトイレが一緒になっているビジネスホテルのような三点ユニットバスが多いが、このマンションはバスとトイレが別の造りだ。

散らかっていると言っていたが、若葉の部屋は整然としていた。あまり見てはいけないと思ったが、玄関から仕切りがないので室内が見渡せてしまう。

壁に沿って本棚や机があるので、まるで学生が住んでいる部屋みたいだ。

「あの、これなんですけれど……」

若葉は備えつけの下駄箱の上に置かれたレターケースの中から、透明なビニール袋に入れた手紙を取り出すと、浩之に差し出した。ビニール袋に入れてあるのは、もしもの場合に余分な指紋がつかないようにという配慮なのだろう。

「じゃあ、拝見しますね」

浩之はビニール袋に入った手紙に視線を落とした。手紙はA4サイズで手書きではなく、プリンターで印刷されていた。少なくとも筆跡で相手を特定することはできない。

手紙の内容は、若葉が女の色気を使って、男子生徒をたぶらかしている。騙(だま)されている男子生徒がかわいそうだというものだった。

騙されているとされる男子生徒を具体的に指し示すことは、いっさい書かれていない。いわゆる誹謗中傷(ひぼうちゅうしょう)であることは間違いないが、表現が曖昧(あいまい)すぎて差出人を特定するには至らないと思われた。

「うーん……」

手紙を前に浩之は言葉を濁した。罵(ののし)る言葉は書かれているが、危害を及ぼすようなことは書かれていない。これでは、予備校の上司も即座に対応することは難しいように思えた。

　簡単に言ってしまえば、よくありがちな陰口を手紙にした感じだ。ただ若葉は若い女性で、しかもひとり暮らしだ。こんな手紙が届いたら、恐怖感を覚えるのは当然のことだろう。

「どうでしょう、わたし、怖くて……」

　若葉はくっきりとした瞳を小さく震わせた。瞳だけではない。その身体全体が小さく震えている。

「確かに陰湿な感じはしますね。でも、いますぐにどうこうという感じではない気もします」

「だけど……怖くて……」

　彼女は不安げに胸元でぎゅっと両手を重ねている。乱れた呼吸を吐き洩らすたびに、薄手のジャケットを羽織った胸元が上下に小さく揺れていた。

　朝のゴミ出しのときなどはジャケットなどは羽織っていないので、ついついその肢体をちらっと盗み見たことがある。

　二十代半ばらしい、横から見ると厚みのない華奢（きゃしゃ）な身体つきをしているのに、乳房のふくらみだけは似つかわしくないほどの量感があった。

ボリューム感だけではなく、柔らかさも感じさせる乳房が脳裏に浮かんでくる。浩之は急に胸の鼓動が速くなるのを覚えた。考えてみれば、管理人と入居者という関係とはいえ、ひとつの部屋にまだ二十代の男女がいるのだ。

性的な昂ぶりを感じないはずがない。ましてや、目の前にいる若葉は見えないストーカーに怯えている。

うら若い美女が不安に駆られている姿は儚げで、牡の性的な興奮を刺激するには充分すぎる。

「だっ、大丈夫ですよ」

浩之は根拠のない言葉を口にした。見えないストーカーからの手紙が目の前にある以上、絶対に大丈夫だと言えるはずがない。

しかし、いまは少しでも若葉を安心させてやりたかった。手にしていた手紙をレターケースの上に置くと、ふるふると心細げに震える彼女の手の甲を両手でそっと包み込む。

抜けるように白いとはこのような肌のことをいうのだろうか。象牙を思わせるようなキメの細かい手の甲には、男とは違う細い血管がうっすらと透けて見える。

その肌質はまるでいまさっきまで水仕事をしていたのではないかと思うほどに、しっとりとした水気を孕(はら)んでいて、浩之の手のひらにぴたっと吸いついてくるみたいだ。

　このまま、ずっと手のひらで包んでいたくなる。管理人として振る舞ってはいるが、浩之だって二十代の健全な男だ。性欲だってある。本当ならば、手のひらに収めたいのは彼女の両手ではなく、蠱惑的(こわくてき)なふくらみを見せつける双の乳房だ。

「ほっ、本当に大丈夫ですよね……」

　若葉は絞りだすような声で囁(ささや)きかけると、きつく結んでいた両手をほどき、浩之の両手に手のひらを重ねてきた。

　手の甲よりも手のひらのほうが、はるかにしっとりとしている。思わず、ほぅーっという感嘆の吐息が洩れそうになるのを必死で堪(こら)えた。

「本当に怖くて、でも誰もこんなに親身に話を聞いてはくれなくて……」

「ご両親とかは？」

「いますけれど、うちの両親は古いタイプっていうのか、女の子は結婚するまでは実家にいるものだっていう考え方で。だから、就職を機会に実家を出てひとり暮らしをしてからはちょっとうまくいっていないんです。今回みたいにストーカー被害に遭っているなんていったら、有無を言わさずに実家に戻されてしまうと思います」

　ずっと葛藤(かっとう)を抱えていたのだろうか。若葉は胸の内を打ち明けた。そんないじらしい姿を見ていると、守ってあげなくてはいけないような気持ちが込みあげてくる。

「大丈夫です。常駐とは言えないけれど、ここは管理人室があるマンションですし」

「えっ……」

「犯罪者は管理人の存在を嫌がることが多いんです。常駐ではないですけれど、ここは正面玄関からでも管理人室があることがわかりますし、防犯カメラも設置していますから」

「そっ、そうなんですね」

浩之の言葉にハッとしたように、若葉はただでさえくっきりとした瞳をいっそう大きく見開いた。かすかに開いた唇は、ナチュラルなピンク色のルージュで彩られている。メイクが控えめなだけに、顔立ちが整っていることがいっそう際立つ。

やっ、やばいっ……。

心臓の鼓動は、とっくにどくどくという派手な音を奏でていた。若葉にその音色が聞こえてしまうのではないかと思うほどだ。

くうっ……。浩之は無意識のうちに喉仏が上下するのを感じた。管理人と入居者としての立場だとしても、若葉は浩之の手を握り返してきた。

それが普段は草食系男子を自認している浩之の背中を押す。自らぐいぐいと女性にアピールできるタイプではないが、大学一年生のときに二歳年上の女子大生から誘われる形で初体験を済ませている。

それ以降も三カ月から半年程度の期間だが、数人の女の子と交際したこともあった。しかし、就職してからはほとんど右手が恋人という感じで、こんなにも間近で女の子と接したのも久しぶりのことだ。

「大丈夫だって言ってもらえると、本当に安心します。ありがとうございます。このところ、不安でまともに眠れなくて……」

心労が重なっていたところに、いっきに気が緩(ゆる)んだのだろう。五センチヒールのパンプスを履(は)いた若葉の足元が危うくなる。

よろけそうになる彼女を支えるように、浩之は慌てて背中に両手を回した。バランスを崩した若葉が、浩之の胸元にもたれかかる。

想像していた以上に、その肢体はほっそりとしていた。強く抱きしめたら折れてしまうのではないかと思うほどだ。それなのに、重たげに揺れる乳房が浩之の体躯(たいく)をむぎゅっと押し返してくる。

密着したことで彼女のさらさらとした黒髪から漂う、かすかなシャンプーの残り香を感じる。それだけではなかった。黒髪から見え隠れする首筋の辺りからは、女らしいほのかな香水の匂いが鼻腔に忍び込んでくる。

それは熟しきらないフルーツのような甘さを含んだ香りだ。浩之はさりげなさを装いながら、胸の底深くその匂いを吸い込んだ。嗅げば嗅ぐほどに、若葉の存在が強く感じられる。

知らず知らずのうちに、背中に回した両腕に力がこもってしまう。彼女は小さく息を乱しながらも、浩之に身体を預けていた。

ますます彼女の温もりが伝わってくる。最初は管理人として相談に乗っていたはずだし、若葉だってそのつもりだったはずだ。

吊り橋効果という言葉がある。危機的な状況にいる男女には、性的な昂ぶりが生じるというもので、種としての生存本能に基づくものらしい。

しかし、いまの浩之にはそんな小難しい話は関係がなかった。か弱いものとして、保護を求める子猫や雛鳥のような若葉を護らなくてはいけない。同時に愛おしいという感情が込みあげてくる。それは理屈ではなく、きわめて衝動的なものだ。

男女の感情というのは、ときとして言葉もなく伝わる。浩之の感情に同調するみたいに、若葉はそっとまぶたを伏せた。

それが浩之を大胆にさせた。シャムネコを連想させるようなややシャープな若葉の顎先を捉えると、ゆっくりと天井のほうを目指すようにくっと持ちあげる。

まるでその瞬間を待ちわびるように、彼女の長い睫毛がかすかに震えている。

初心っぽさを感じさせる仕草を見ると、身体の中心部分がかあーっと熱を帯びるみたいだ。

ゆっくりと唇を近づけてゆくと、ふにゅりとした感触で唇が重なった。柔らかさと同時に、彼女の唇から洩れる呼気を感じる。男とは違う、どことなく甘ったるさを帯びた匂いに心臓は高鳴るいっぽうだ。

ほっそりとした指先やパールっぽいルージュで彩られた唇に触れているだけでは、どうにもこうにも我慢ができなくなってしまう。

あまり厚くはない胸板に感じる、女らしい丘陵を手のひらに収めたいという淫らな感情が込みあげてくる。

浩之は押しつけるようにして、唇をすり合わせた。若葉の口元から切ない吐息が洩れた瞬間に狙いを定めて、ぬっと伸ばした舌先でふっくらとした唇の表面を舐め回す。

「あっ……」

わずかに開いた唇からなまめかしい声が迸る。その刹那、舌先を少々強引に潜り込ませる。

「ああんっ……」

若葉は喉の奥に詰まった声を洩らしながら、スレンダーな肢体を左右にくねらせた。うなじの辺りに響く色香を帯びた声。その声には嫌悪感は感じられなかった。浩之は舌先で綺麗に並んだ前歯を丹念に舐め回した。彼女の声が、さらにとろりとした粘り気を帯びる。

攻め込むならばいましかない。浩之は背中に回していた右手で、男の好奇心を引き寄せてやまない彼女の左の柔乳を下から支え持った。

想像していたよりも重量感に満ち溢(あふ)れている。手の平からこぼれ落ちるボリューム感をひけらかすふくらみは、Eカップはあるに違いない。想像するだけで、スラックスの中身が過剰なほどに反応してしまう。

「うわっ……」

浩之は感嘆の呼吸を洩らすと同時に、指先に力をこめた。とはいえ、乱暴なことはできない。ゼリーの固まり具合を確かめるみたいに、やんわりと指を食い込ませる。

身体を寄り添わせているので、浩之の下半身が欲望を漲(みなぎ)らせていることは若葉にも伝わっているはずだ。

「あーんっ」

若葉は甘え声をあげ、華奢な肢体を左右にくねらせた。薄手のジャケット越しに掌中に収めるのでは物足りなくなり、ジャケットの内側に着ているブラウスの上から若乳をまさぐる。

「あっ……」

浩之の唇によって、若葉の口元は覆(おお)われ、声を出すこともままならない。しかし、本当に抗(あらが)おうと思えば、身体を左右に振るなりして意思表示をすることだってできるはずだ。

それが浩之を大胆にさせる。右手は若乳の虜(とりこ)になったように離すことはできない。獲物を掴(つか)んだ鷲(わし)の爪のように指先を大きく広げながら、リズミカルに揉(も)みしだく。

背中に回していた左手は、彼女の丸い尻を覆い隠すスカートを目指して少しずつ降ろしていく。無駄な肉のない背筋から括(くび)れたウエスト、女らしい丸みを帯びたヒップへと繋(つな)がるラインは、指先だけでもメリハリが利いているのがわかる。

若葉も内なる部分から高揚しているのだろうか。首筋の辺りから立ち昇る甘酸っぱい香水の匂いが強くなっていく。

浩之が舌先をこれでもかとばかりに伸ばして、若葉の舌にがっちりと絡みつかせても彼女は逃げようとはしなかった。互いの唾液(だえき)をすすり合うような湿っぽい音が、玄関先に響き渡る。

考えてみれば、事務所同様、部屋の玄関の鍵はかけてはいなかった。膝より少し長めのスカートの上からヒップを撫で回していた浩之の指先が、スカートを少しずつたくしあげていく。

もう少しで、指先がナチュナルブラウンのストッキングに届こうとしたときだった。玄関のドアを一枚隔(へだ)てた廊下から、賑やかな声が聞こえてきた。どうやら、携帯電話で話をしているようだ。

「もう少しで部屋にたどり着くからぁ……」

声だけでは誰なのかはわからないが、この階の入居者なのは間違いない。その声に驚いたように、若葉は身体を委縮させた。入ってくるはずがないとは思っても緊張するのは浩之も同じだ。

ふたりは息を潜めて、声の主が通り過ぎるのをじっと待った。わずかな時間のはずがそれは異様に長い時間のように感じられた。

廊下を歩く靴音や声が聞こえなくなったとき、ふたりは顔を見合わせた。感情の赴(おもむ)くままに、唇を重ね互いの身体を密着させたことが急に気恥ずかしく思えてしまう。

「あっ、ごめんなさいっ……」

若葉が遠慮がちに身体をそっと離した。

「いや、こちらこそ……」

浩之は言葉に詰まってしまった。

「今日は本当にすみませんでした。でも、相談に乗ってもらえて安心しました。また、困ったことがあったら相談してもいいですか？」

「もっ、もちろんですよ。不安なことがあったら、管理人室の前に貼ってある電話番号に連絡してください。ただし、緊急の場合は一一〇通報ですよ」

「ありがとうございます。大丈夫だよって言われると心強いです」

若葉の表情は、ストーカー被害を訴えたときとは見違えるほどに明るく思えた。

「じゃあ、また。なにかあったら遠慮なく相談をしてください」

浩之の言葉遣いも管理人らしさを取り戻していた。若葉に見送られて廊下に出る。

口元に残ったルージュを指先で拭(ぬぐ)うと、若葉の唇の感触が蘇(よみがえ)ってきた。

唇だけじゃなくて、おっぱいもお尻も柔らかかったな……。

身体に残る彼女の肢体の柔らかさを思い返しながら、浩之は階段をゆっくりとおりていった――。

第一章　寂しい美妻の敏感乳房

浩之は管理人として、独身女性専用マンションで暮らすようになったものの、そこまで忙しい仕事ではないので、いままで通り伯父が営む不動産会社で働き続けている。それでも、ときには入居者から問い合わせの電話が入る。その多くは本当に些細(ささい)な雑用だ。

廊下などの電気が切れているという連絡が入れば、管理事務所内に常備している脚立を使い、電球を交換することもある。

だが給湯器や水回りなどのトラブルについては、社内のメンテナンス部門や専門の業者に丸投げをしてしまう。

丸投げという言葉は悪いかも知れないが、電気工事やガスなどの設備は専門の業者が扱(あつか)うもので、それに伴う資格や技術が必要になるからだ。

だが、ときには管理人としての業務を明らかに逸脱した内容の電話が入ることもある。

午後九時すぎに、自宅でくつろいでいた浩之の元にかかってきた電話の中には、

「ゴキブリが出たからなんとかして欲しい。だいたいゴキブリが出るなんて、入居前には聞いていなかった」

というものまであった。

相手は五十代の入居者で、それは管理人としての業務ではないと説明を繰り返したが聞く耳を持たずにヒステリックに喚き散らすばかりだったので、諦めて殺虫剤を持参して退治してやった。

後日、先輩社員にぼやくと、

「知っていると思うけれど、あそこは少々訳アリの入居者が多いから仕方がないよ」

と慰められた。

敷金礼金がない格安マンションなのはわかってはいたが、訳アリの入居者が多いとは知らされてはいなかった。

「えっ、訳アリってどういう意味ですか？」

「まずいことを言ってしまったかな。管理人として入居する前に、お祖母さんから聞いていなかったのか？」

先輩社員はつい口がすべったという表情を浮かべた。

「祖母はオーナーで、管理していたわけではないですしね。敷金礼金がないので初期費用が安く済むこともあって、いつも満室状態だということは聞いていましたけど」

「それは本当のことだよ。敷金ナシ、礼金ナシ、おまけにバス・トイレ別というのは、入居者にとっては魅力的なことは間違いないんだ。訳アリといっても、告知義務があるような重大な瑕疵（かし）があるわけでもないしな」

確かにこのマンションの契約書を確認しても、告知義務に関する記載はいっさいなかった。物理的瑕疵というのは建物自体になんらかの問題があることで、心理的瑕疵というのは孤独死や自殺、殺人事件などがあったことを表す。

「だったら訳アリって、どういう意味なんですか？」

「訳アリっていうのは物件のことではなくて、入居者たちのことなんだよ。たとえば、三階に入居している武藤さんって予備校の講師がいるだろう。彼女はストーカー被害を訴えて、物件を探しにきたからあの物件を紹介したんだ。敷金、礼金もないし、もしもの場合に再度引っ越しをすることになったとしても、また敷金、礼金がない物件を紹介してやれば、引っ越し費用はかかったとしても初期費用は安く済むだろう」

「ああ、だから……」

浩之は納得ができた気がした。ストーカー被害がこれだけ世間を賑わしても、結局のところは被害者が転居などで行方をくらませるのが、一番手っ取り早く安全な方法であることは間違いがないからだ。

あらためて、不安感を滲ませていた若葉の気持ちが理解できる気がした。抱き寄せる浩之の胸元に、華奢な肢体をすり寄せてきた若葉の温もりが鮮やかに蘇ってくるみたいだ。

「その他にもいろいろと訳アリの入居者も多いんだよ。旦那さんが浮気相手と駆け落ちをしてしまったから、とりあえずひとり暮らしをするために入居している人妻さんもいるし、ネットでの配信用に衣裳部屋を兼ねて借りている、コスプレイヤーの人妻さんもいた気がするな」

「そっ、そうだったんですか……」

知らされてはいなかった事実に浩之は息を飲んだ。とはいえ、入居者たちとは週に数回のゴミ出しなどで顔を合わせているだけなので、なかなか名前と容姿が一致しないというのが本当のところだ。

「他人はどう思うかも知れないが、訳アリの人妻なんてちょっと魅力的な気がするよな」

先輩社員は口元に下卑た笑いを浮かべたが、浩之はそんな気にはなれなかった。ゴキブリが一匹現れただけで大騒ぎをする入居者がいることを考えると、なんだか憂鬱な気持ちになってしまう。

「そんなに深刻に考えることじゃないって。ゴキブリが出たくらいでパトカーや救急車を呼ぶ人間だって現にいるんだからさ。毎月の家賃がかからないだけでも、十分に美味しい話じゃないか。女房子供がいて住宅ローンを抱えた身としては羨ましすぎるぐらいだよ」

浩之の胸の内を知ってか知らずか、先輩社員は励ますように背中をポンと叩いた。

その日の夜のことだ。浩之は同僚と居酒屋で軽く飲んでから自宅に戻った。時間は午後十時を少し回っている。少し飲み足りなかったので、スエットの部屋着に着替え、冷蔵庫を開けて缶入りのサワーを取り出そうとしたときだ。管理人専用のスマホが鳴り響いた。

一応、電話の受付時間は午後六時までとなっている。酒が入っていることもあり、知らぬ顔を決め込もうとしたのだが、電話は執拗に鳴り響いている。一度は鳴りやんだが、すぐに着信を繰り返す。

参ったな……。

それが正直な感想だった。また、ゴキブリでも現れたのかと思った。画面を確認すると、ゴキブリ騒動を起こした入居者とは、別の電話番号が表示されている。

しかし、執拗に鳴り続けるところをみると、なにか重大な問題でも起きたのかも知れない。そうなると、無視を決め込むこともできない。

「もしもし……」

相手の反応をうかがうように、浩之は通話ボタンを押した。まくし立てられるのはたまらないので、耳元からわずかにスマホを離しておく。

「ああっ、夜分に申し訳ありません。二階の二〇三号室の本庄（ほんじょう）なんですけれど……」

「ええと、二階の本庄さんですね」

電話の声の主は遠慮がちに名乗った。二階に入居している三十歳の本庄弥生（やよい）は、会社員をしている。

日本人形のような切れ長の瞳と、やや小さめのぽってりとした口元が印象的だ。例えるならば、お雛さまのような上品な顔立ちといえばいいのだろうか。

「こんな時間に本当に申し訳ないんですけれど、急に部屋の天井のＬＥＤ照明が切れてしまって……」

弥生は困惑しきったように訴えた。玄関やバストイレには備えつけの照明があるが、メインの照明は入居者が各々で設置することになっている。

「玄関やお手洗いなどは点くのですが、天井に設置したLED照明だけがいきなり壊れてしまったみたいなんです。なにぶん部屋の灯りが点かないので困ってしまって。ネットで注文をしたとしても、届くには明日以降になってしまうみたいで……」

弥生の口調からも困惑ぶりが伝わってくる。

「メインの照明がつかないんですね。うーん、それはお困りですよね」

「ええ、一応懐中電灯はあるのですけれど、それだけでは少し不便で……」

「そうですよね。それでは不安ですね」

浩之は考えを巡らせた。自室から出ると管理人室の中を見回す。管理人室にはいざというときのために退去者が残していった電化製品などが保管されている。

それは電化製品やガスレンジなど、ライフラインに直結するものばかりだ。その中には、いまどきはあまり見なくなった和室に似合うペンダント型と呼ばれる照明器具もあった。垂れさがる紐を引いて灯りを点けるタイプのものだ。

わざわざ壊れているものを、後生大事に保存してはいないだろう。最新型のLEDタイプのものではないが、間に合わせであれば十分すぎるはずだ。

脚立さえ持っていけば、さほど手間をかけずに故障しているものと取り替えることができる。

「わかりました。絶対に点くかはお約束できませんが、事務所にある予備の照明を持っていきますので確認してみましょうか」

「本当ですか？　こんな時間なのに助かります。やはり部屋が暗いと怖くて……」

電話の向こうで弥生は感謝の声をあげた。

今夜はあんまり飲みすぎてなくてよかったよ……。

事務所に備えつけられている脚立を肩に担ぎ、さらにペンダント型の照明を抱え二階の弥生の部屋へと向かう。

二階の階段をあがると、ドアの隙間から薄明かりが洩れている部屋があった。脚立と照明を持った浩之の姿を見つけるなり、ドアが開き弥生が小走りで駆け寄ってくる。

弥生は朝のゴミ出しのときも、通勤用のスーツに身を包んでいる。日頃はグレーや紺系のオーソドックスなスーツを着ているので、きっちりとした女性という印象を抱いていた。

だが、この日の弥生は違っていた。見るからに柔らかい素材のコーラルピンクのワンピースタイプの部屋着を着ている。足元に履いているのはパンプスではなく、ローヒールのサンダルだ。

ナチュナルブラウンの髪の毛は、スーツを着ているときと同様に後頭部ですっきりとまとめている。着替えだけは済ませたようだが、メイクも落としていないようだ。

「本当にこんな時間に申し訳ありません。だけど、こんなときに頼れる人がいなくて……。脚立だけでも重そうなのに、その照明、わたしが持ちましょうか？」

「いえ、大丈夫ですよ。かさばりはしますが、それほど重いものではないので」

弥生は浩之が抱えていた照明を持とうとしたが、入居者に危ないことはさせられない。それは男としてのプライドみたいなものでもあった。

「だいじょうぶですよ。とりあえず、現場を確認させてもらえますか？」

脚立と照明器具を抱えたまま、上下がスエット姿の浩之は部屋に招き入れられた。このマンションの間取りはすべて同じだが、入居者によってその雰囲気は大きく変わる。薄明りの中で目を凝らす。

弥生の部屋は一番奥の窓際にベッドが設(しつら)えられていて、その手前にはやや大きめのラグが敷かれローテーブルが置かれているのがわかった。

ソファはあえて置かれておらず、シックな色合いのクッションが置かれていた。全体的にロータイプの家具でまとめられていて、そこはかとなくセンスのよさが感じられる。

「念のためにお尋ねしますが、天井の照明はいつから点かなくなったんですか？」

「実はこの部屋に引っ越してくるときに、家電製品はほとんど新たに購入したんです。だから、天井のＬＥＤ照明もまだ三カ月ぐらいしか使っていないんです。でも、今日仕事から戻って点けようとしたら、爆発するみたいなボンッて音がしてそれっきり点かなくなってしまって……」

「ということは、まだまだ新品っていうことですね。初期不良の可能性もありますから、販売店に連絡をすれば返金なり新品に交換をしてもらえると思いますよ」

念のために天井以外の照明も確認したが、それらには問題はなかった。不具合があるのは天井に取りつけられた照明だけのようだ。

浩之は鳩尾の辺りに力を入れると、居酒屋で飲んできたとはいえ、すでにアルコールはほとんど抜けている。それでも、脚立にあがるという行為自体が緊張する作業だ。

「大丈夫ですか？　脚立を押さえていたほうがいいですか？」

弥生は心配そうに、浩之の顔を見つめる。

「大丈夫ですよ。天井の引っ掛けシーリングと呼ばれる配線器具に取り付けているものを外して、別の照明に付け替えるだけですから」

浩之はそう言うと、まずは点灯しないというＬＥＤ照明の外カバーを外し、作業に入った。

その間はもちろん、壁に備えつけられた天井のライト用のスイッチは切っておく。日中の明るい時間ならば、たいして手間のかからない作業だが、今回は陽もすっかり暮れていたので、弥生が手にしている懐中電灯の灯りを頼りにしなくてはいけなかった。それでも、なんとか照明器具を付け替えることができた。

「じゃあ、スイッチを入れてみてください」

弥生が壁際のスイッチを入れると、ペンダント型の照明が灯った。やはり器具自体の問題だったようだ。

「わあーっ、すごーいっ！」

感動したように、弥生が胸元で手を派手に打ち鳴らす。

「女ってダメですよね。こういうときにはどうしようもなくて。女友だちの中にはなんでもできちゃう子もいるけれど、わたしは電気とかガスとかは怖くて……」

弥生は自嘲気味に呟いた。

「ぼくだって、ライフライン関係にはまったくといっていいほど強くはありませんよ。

今日はたまたまです。事務所に代わりに使えそうな照明器具があったから、上手く交換ができただけです」

浩之は謙遜するように言った。事実、電気などの工事に関する資格や免許がない浩之に対応ができるのは、この程度のことまでだ。

「ううん、そんなことはないです。照明を取り替えられるのってすごいと思います。実は引っ越しのときには、照明の取り付け作業もお願いしたんです。高さもあるから、わたしひとりではどうにもできなくて……」

「いいじゃないですか。こういうことはできなくたって問題はないと思いますよ。結婚すれば、旦那さまがやってくれたりするものじゃないですか」

あまり深くも考えずに浩之は言った。将来、結婚することがあれば、できることはできる範囲内でやるのが普通だと思っていたからだ。

「そうなんですよね。結婚していれば、こんなことくらいは、主人がごく普通にやってくれることなんですよね。なんだか、情けなくなっちゃうわ」

先ほどの少し舞いあがったトーンから、弥生の声がいっきに変わる。

えっ……、まさか……？

先輩社員の言葉がまざまざと蘇ってくる。もしかしたら、目の前にいる弥生自身が訳アリの入居者なのかも知れない。しかし、そんなことを面と向かって尋ねられるはずもない。

「今日のことはありがとうございました。本当に助かりました。新しい照明が届いたら、お借りしている照明はお返ししますね」

弥生は明るくなった室内を見回しながら、あらためて感謝の言葉を口にした。室内が明るく照らし出されたことで、ワンルームの中のようすがよくわかる。

部屋の奥の窓際にはシングルサイズのベッドが置かれ、壁に沿うようにローサイズのオーディオセットが置かれていた。室内の真ん中に近い部分には円形のラグが敷かれ、グレーのクッションがふたつ置かれていた。

センスのよさは感じられるが、まるでホームセンターの見本みたいで生活感が感じられない。妙齢の女性が暮らす部屋としては、少々殺風景にすら思える。

ひとり暮らしの寂しさもあって普段からそうしているのだろうか。弥生はＢＧＭ代わりにテレビをつけていた。

「本当にありがとうございました。ねえ、よかったらなんですけれど、少し飲んでいきませんか？」

「飲んで……ですか？」

「だって、管理人さんが助けてくれなかったら、間違いなく今晩はほとんど真っ暗闇の中で過ごすことになっていたんです。それを考えたら、すごくありがたいなって」

「いやぁ、でもそれは管理人の仕事ですし……」

「管理人さんって、本当にやさしいんですね。でも、本当は時間外労働だったんじゃないですか？　管理人室の前に貼ってある紙に書かれた時間からもかなりズレていたし、電話だってなかなか繋がらなかったから」

「まあ、それは……」

浩之は曖昧に答えた。恩着せがましいと思われるのは不本意だし、そうかといってこれが当たり前だと思われても困ると思ったからだ。

「夫は家の中のことは、すべて女がやるもんだって考えだったんです。電化製品って、たまに具合が悪くなったりするでしょう。でも、そういうのもすべて妻が調べて、修理が必要ならばメーカーに頼めっていう考えかただったんです」

弥生はため息交じりに呟いた。さりげなく、彼女の左手の薬指を盗み見ると、そこには鈍い光を放つ銀色の指輪がしっかりと嵌（は）まっていた。

「ああ、これですね。いろいろとあったんです。賃貸契約の担当者さんには隠しても仕方がないから打ち明けていたんですけれど。聞いていませんでしたか？」

「いや、ぼくはその話は伺(うかが)っていないです」

「そうですよね。あまり大っぴらにも言えるような話ではないのですけれど、主人が浮気をしたんです。相手は通っていたキャバクラのホステスさんでした。単なる浮気ならばよかったんですけれど、主人ってすぐにのめり込むタイプっていうのかしら。すっかり相手に入れ込んでしまって。ひどいんですよ、わたしが仕事から帰ったら、ふたりで暮らしていた部屋がもぬけの殻(から)になっていたんです。結婚するときに買い揃えた家財道具は、なにひとつ残っていなくて。ああ、玄関先に旦那が記入した離婚届だけが置いてありました」

「そっ、それはちょっとひどい話ですね」

「でしょう？　とはいえ、実家にも戻りづらくて。だから、わたしはこの部屋で新たに生活をはじめたんです。でも、離婚届は提出していないんです。これは女としての意地みたいなものかしら。わたしとの離婚が成立しないと、夫は浮気相手と再婚できないんですよね」

さらりと言ってのけた弥生の表情には、どこか清々(すがすが)しささえ滲んでいる。まるで、資料をもとにクライアントに事業の説明をしているみたいな口調だ。

ペンダント型の照明を点けたことで、室内が照らし出される。室内に置かれた家具や電化製品は、ひとり暮らし用のシンプルかつ小ぶりなものばかりだ。

「もともと働いてたし、子供もいなかったから、いまは人生をリスタートしている気分っていえばいいのかしら。大変なこともたくさんあるけれど、そのぶんだけ新鮮で面白いことも多いかしらって……」

弥生は銀色に光る指輪を、天井から降り注ぐ照明にかざしてみせた。その仕草はどことなく自嘲的に思える。

男とは違う節くれだっていない細い指に輝く指輪が、強がりとも思える弥生の言葉を切なく感じさせる。

無理に明るく振る舞っているような弥生の表情を見ていると、鳩尾の辺りをぎゅっとを締めつけられるような感情が湧きあがってきた。

「部屋の灯りが点かなかったことで、主人がいなくなったときのことを思い出してしまって。なんだかひとりでいるのはツラくて。少しでいいんです。一緒に飲んでもらえませんか？」

物哀しげな弥生の視線が絡みついてくる。それを振りきれるほど浩之は強くはなかった。ひとり暮らしをはじめたことで、ときには誰かに話を聞いて欲しい、誰かと一緒にいたいという感情もわかるようになっていた。

実家で暮らしていたときにはわからなかったが、ときには鬱陶しいと思っていた母親の小言さえも恋しく思える。それはひとり暮らしをはじめて覚えた感情だった。

だからこそ、目の前にいる弥生の気持ちがわかるような気がした。モノトーンでまとめられた色のない室内は、まるで夫に裏切られて失意のどん底にいる弥生の胸の内を表しているみたいだ。

自室は当たり前だが、念のために管理人室の鍵もかけてきてある。多少、帰宅が遅れたところで咎める人間すらいない。ひとり暮らしの気楽さだが、ときには少し寂しさを覚えることもある。

「わかりました。少しだけなら」

浩之は大ぶりのクッションに腰をおろした。上下がスエットスタイルなので、胡坐をかいて座る。

「本当にいいんですか？　だったら、今日はとびっきりのお酒を開けちゃおうかしら。クッションしかなくて申し訳ないんだけれど……」

浩之の言葉に弥生は声を弾ませると、室内の隅に置かれた小型の冷蔵庫のようなものの扉を開くと、並んだ酒瓶の中から一本を取り出した。冷やしたショットグラスも取り出す。

「それって？」

「実はこれは冷凍庫なんです。テキーラとかラムとかジンをキンキンに冷やして飲むと美味しいんですよ」

「お酒って凍らないんですか？」

「ええ、度数が高いお酒は凍らなくて、とろみが出て美味しくなるんですよ。バーのような場所で飲めばいいんでしょうけれど、女がひとりで飲んでいると声をかけられることも多くて。だから思いきってミニサイズの冷凍庫を買ったんです」

弥生は得意げに笑ってみせた。室温との差によって、瓶の表面に白っぽい霜のようなものが張りつく。

「冷凍庫に保存するお酒っていうとテキーラを思い浮かべるかも知れないけれど、管理人さんにはお礼の意味を込めて特別なジンをご馳走したいわ」

彼女が手にしたのは綺麗なブルーのボトルだった。

「いや、ぼくはお酒はあまり強くなくて……」

「大丈夫ですよ。だって、もう少し飲んでいるんでしょう？」

「えっ……」

「だって、さっきほんの少しお酒の匂いがしたから。居酒屋ではないんだから、とりあえずビールで乾杯っていうのもね」

「あっ、それは……」

「たまには強いお酒をショットでっていうのもイイものですよ」

弥生はふたつ並べたショットグラスに酒をゆっくりと注いだ。彼女の言うとおり、透明な液体はほんの少しとろみを帯びている。

「そうだわ。オツマミ代わりといってはなんだけれど」

弥生は冷蔵庫に向かうと大ぶりのワイングラスに氷を数個入れ、チョコレートがついたプレッツェルを並べテーブルの上に載せて、クッションに座り直した。

円形のテーブルを前にして、ふたりは五十センチほど離れて座った形だ。弥生は正座ではなく、ふくらはぎを尻からずらした横座りだ。

「それでは、乾杯しましょうか。これはね、ボンベイサファイアっていうお酒なのだけれど、その中でもサンセットっていう特別エディションなんです。ほら、ラベルが夕日みたいに綺麗な色でしょう」

グラスを手にした弥生に促(うなが)されるように、浩之もグラスを手に取った。強い酒をストレートで飲むのは生まれてはじめてのことだ。

「ジンっていうのはジュニパーベリーっていう実を漬け込んで作るの。もちろん、それだけではないんだけれど、特にこのサンセットは香りが格別なのよ」

　グラスを掲げて乾杯の仕草をすると、弥生は立ち昇る香りを嗅いだ後、ゆっくりと唇をつけ喉に流し込んだ。その仕草は見惚れてしまうくらいに女っぽい。

　浩之も真似るようにグラスに口をつける。はじめて飲むジンは、いかにも大人の男女が楽しむ酒という感じだ。舌先がぴりっとする感じからも、アルコール度数が高いのがわかる。

　ごくりっ。弥生は喉を鳴らして、強い液体をいっきに飲みくだした。二杯目を注ぎながら、はあーっとため息をつく。

「飲んだからって愚痴を言うわけではないけれど、聞いてもらってもいいかしら。夫の浮気相手っていうのがひどいのよ」

「さっき、ホステスさんだって言っていましたね」

「若い子や綺麗な子ならば、まだ我慢もできたと思うの。でも、その浮気相手がわたしよりも十五歳も年上だったのよ」

「えっ……」

　驚きのあまり声が裏返ってしまう。

「そうよね、誰だって驚くわよね。女っておかしな生き物なのよ。浮気をされたとしても、相手が自分よりも年下だったり、すっごく綺麗だったらなんとなく諦められるというか、納得ができるのものなの。でも……」

「でも……？」

「ようすがヘンだと思ったから興信所を頼んだの。そうしたら、浮気相手はよりによって熟女系キャバクラのホステスさんだったの。しかも、どう見ても……」

弥生は言いかけた言葉を飲み込んだ。

「もしかして、イケてなかったってことですか？」

浩之は懸命に言葉を選んだが、その手のことには疎いので上手い表現が見つからない。

「イケてないどころか、スーパーで普通に長ネギを買っていそうなオバサンだったわ。それも少しも似合いもしないド派手なドレスなんかを着て」

弥生は悔しそうに目尻を歪めた。

「興信所からの報告書を見て我が目を疑ったわ。報告書には閉店後に仲よさげに食事をして、ラブホテルに入っていくところまで撮影されていたんですもの。疑いようがないでしょう」

「そっ、それはそうですね」

「それで、報告書を突きつけて夫を問い詰めたのよ。そうしたら、お前といても癒されないですって。思えば、夫は極度のマザコンだった気がするの。それを考えれば、熟女キャバクラのホステスさんにドハマりするのもわかる気がするわ」

弥生は思い出したくない光景を払いのけるように首を左右に振ると、ジンが並々と注がれた目の前のグラスに手を伸ばした。

「うーん……」

浩之も困惑の声を洩らした。彼女の気持ちを和らげるような言葉が思いつかない。ただ、弥生の口惜しさだけはなんとなくだが理解できる気がした。

「はあーっ、思いだしたら頭に来ちゃったわぁ」

「そうですよね。ぼくは男ですけど、なんとなく気持ちがわかる気はします」

「だって、相手はエコバッグが似合いそうなオバサンなのよ。わたしには誰から見られたっていいように、いつも綺麗にしていろって言っていたクセに……」

「いや、本庄さんはすごく魅力的だと思います」

拗ねたような弥生を宥めるように、浩之は魅力的という言葉を口にした。三歳年上の弥生は、浩之から見るといかにも仕事ができる大人の女という感じだ。

「本当に魅力的だって思ってます？　お世辞とか社交辞令ではなくて？　それに本庄

っていうのは夫の姓なの。だから、弥生って呼んで欲しいわ」

冷えたジンが注がれたグラスを手に、弥生は浩之の顔をまじまじと見つめた。いつもはスーツを着ているせいか、彼女には少し近寄りがたい雰囲気を感じていた。

強いアルコールをいっきに飲んだからだろうか。他人行儀だった弥生の口調が、少しずつ友人などに対するようなフレンドリーな感じに変わっていく。

「本当に魅力的だって思ってくれてる？」

弥生は意味深な物言いで囁くと、後頭部で緩やかにまとめていた髪の毛をしゅるりとほどいた。

「髪の毛をまとめていると、結構肩が凝ったりするのよね」

肩よりも長いナチュラルブラウンの髪の毛がはらりと落ちてくる。それはまるでスローモーションの動画を見ているみたいだ。

さりげなく弥生の肢体に視線を注ぐ。普段はかっちりとしたスーツを着ているので意識をしたことはなかったが、今夜の弥生は柔らかな素材のワンピースを着ていた。

けっして肉感的な感じではないのに、優美な曲線を描く胸元や張り出した尻が女らしさを醸(かも)し出し、牡の視線を誘っているみたいだ。

こんもりとした乳房のふくらみは、推察するにFカップはあるかも知れない。隠れ巨乳というやつだろう。

　そうかといって、ロング丈のワンピースは露出が過多というわけではない。直接的に見えないだけに、なおさら性的な妄想をかき立てられる。

「なんだか聞いてもらったら、気持ちが楽になったみたいだわ。自分よりも十五歳も年上のどう見てもイケてないオバサンに夫を寝取られたなんて、女友だちには恥ずかしくて言えやしないもの」

　日頃は口に出せないのだろう。胸の奥底に封じている思いを言葉にしたことで、弥生はどこか晴れ晴れとして見える。

「ねえ、ちゃんと飲んでる？」

「いやぁ、美味しいんですけれど、結構強いお酒だから……」

　どことなくしどけなさを漂わせる年上の女の姿は、最高のツマミみたいだ。勧められるままに飲んでいたら、あっという間にできあがってしまいそうだ。

「ちょっと度数が高すぎたかしら？」

　弥生はくふっと笑ってみせると、目の前のグラスの液体を口に含んだ。化粧を落としていないので、品のよいピンクベージュのルージュが口元を彩っている。ときおり、グラスの縁についたルージュを指先で拭う仕草も艶っぽい。

かすかな口元の動きひとつにも、心臓の鼓動が高鳴ってしまいそうになる。日頃目にしているスーツ姿と、ピンク色の部屋着のギャップも男心を煽り立てていた。

「お酒が進んでいないのね。もしかして、お口に合わなかったかしら？」

「いや、美味しいんですけど、ちょっと強くて……」

浩之は本音を口にした。酒は嫌いではないが、それほど強くはない。いつも飲んでいるのは、ビールやレモンサワーだ。

「そうなの？　少し強すぎたかしら？」

弥生は小首を傾げると、目の前のグラスの中身を呷るように口に含んだ。その意味が浩之にはわからない。

次の瞬間、弥生は身を乗り出して唇を重ねてきた。

あっと思う間もなく、わずかに開いた唇の合わせ目から甘美な液体がゆっくりと注ぎ込まれる。

それは弥生の口の中によってほんのりと温められ、アルコール度数もほんの少し薄まっているように感じられた。別居中とはいえ、戸籍上は人妻から口移しで注がれた液体だ。

ごくっ。浩之は喉を鳴らして、特別な液体を飲み込んだ。食道から胃の辺りに酒が流れ落ちるのがわかる。身体が急激にかあーっと熱を帯びる。

「ねえ、わたしってそんなに女としての魅力がないかしら？」

「そんなことありません。本庄さんは本当に素敵です」

「もうっ、本庄さんはやめて。弥生でいいって言ったでしょう？」

そう言うと、弥生はもう一度唇を重ねた。今度は酒を口移しで飲ませるキスではなかった。ちろりと伸ばした柔らかな舌先で、男の口元を、胸中を翻弄(ほんろう)する。

「あっ……」

重なった口元から色めいた声を洩らしたのは、女の弥生ではなく浩之だった。

弥生がうわずった声で囁く。

「あーんっ、キスをしたのって……いったい、いつぶりかしら」

ふたりの距離が近付いたことで、弥生の身体から立ち昇る香りが感じられる。その匂いは耳の後ろ辺りからかすかに漂ってくる。強すぎないその香りは、甘さを押さえた百合の花を連想させる大人っぽい香りだ。

唇の柔らかくしっとりとした感触とキスというストレートな単語に、浩之の心臓の鼓動が速くなる。とはいえ、相手は入居者だ。こちらから積極的に動いたらセクハラとか言われかねない。

ぐううっ……。

浩之はくぐもった声を洩らした。身体の中でも唇の感触は特別だ。その色合いを考えても皮膚というよりも粘膜に近い。特に異性の唇となれば、それは劣情を煽り立てるもの以外のなにものでもない。

浩之の体内で理性と欲望が鬩ぎ合う。正直、弥生の肢体を抱きしめたくてならない。しかし、管理人としての立場がそれを懸命に抑え込もうとする。

「ねえ、わたしってそんなに色気がないかしら？」

苦悶に満ちた声で呟くと、弥生は自らの胸元をぐっと突き出してみせた。ブラジャーを着けているとはいえ、それは浩之がオカズにするネットのエロ画像よりもはるかに量感に満ち溢れている。

「自分よりずっと年上なオバサンに負けたと思うと、女としての自信がなくなっちゃうのよ」

グラスを手にした弥生は、クッションの上で肢体をくねらせる。それによって、ワンピースの裾が少しずつめくれあがった。

枇杷のような張りをみせるふくらはぎは肉感的だが、余分な脂肪は感じられない。アキレス腱がうっすらと浮かびあがる引き締まった足首を見ていると、誰が言ったかはわからないが「足首の締まりがいい女はアソコの締まりもいい」という古典的な物言いが脳裏をよぎる。

「どう？　このおっぱいの張り、魅力ないかしら？」

弥生は熟れきった肢体を揺さぶりながら、見事な稜線を描く双の乳房を突き出してみせた。ワンピースに包まれた乳房が、彼女の揺れ動く胸の内を表すように上下に弾む。

こっ、これって……もしかして、誘われてるのか……？

浩之はクッションに乗せた尻をいっそう深く沈めた。目の前で完熟した肢体を見せびらかす人妻は確かに魅力的だ。しかし、管理人としての立場が、その甘い誘惑に乗ってはいけないと釘を刺す。

それでも、若い牡の身体は正直だ。意識しないようにしても、身体の中心部分に熱い血潮が集まってしまう。これだけは理性ではどうしようもできないことだ。

「ねえ、熟女キャバクラのオバサンとわたし、どちらが魅力的だと思う？」

弥生は敵対心を剝き出しにするように、オバサンという単語を繰り返す。確かに男から見て魅力的な年上の女性は少なくない。

だが、長ネギが入ったエコバッグが似合うオバサンという例えを聞く限りでは、少なくとも浩之のストライクゾーンには入らないように思えた。

二十五歳の浩之にとって性的な魅力を感じるのは、年上なのにどこか可愛らしさを漂わせていたり、無意識の内にも下半身が反応してしまうような成熟した色香を漂わせるタイプだ。

「本庄さんは……、いえ、弥生さんは、すっごく魅力的だと思います」

弥生の戸籍上の夫の姓を言いかけて、浩之は慌てて言い直した。

「そんなふうに言ってもらえると、本当に嬉しいわ。最近はすっかり自信をなくしてしまって……」

言うなり、弥生は浩之の右の手首を摑むと、ワンピースの胸元を押しあげる乳房へと導いた。

「あっ……」

浩之の口元から驚嘆の声が洩れる。手のひらに収まりきらない、たわわな感触。ブラジャーで支えられているはずなのに、その量感は手のひらにずっしりとくるほどだ。

「ねえ、わたしのほうが魅力的でしょう？」

弥生の言葉には、夫の浮気相手に対するライバル意識が滲んでいる。

「えっ、ああっ……、」

手のひら全体に感じる重量感。まるで胸元に大ぶりのグレープフルーツを隠しているみたいだ。

「ねえ、いいおっぱいだと思わない？」

そう言うと、弥生は浩之の手の甲に手のひらを重ねて、むぎゅっと押しつけた。手のひらに伝わる柔らかさとボリューム感が倍増する。

「はあっ、触られてると、わたしだって感じちゃうのよ」

弥生の口調が甘さを帯びる。素直すぎる年下の男の反応に昂ぶっているみたいだ。

「あぁんっ、感じちゃうわぁ」

艶っぽい声を洩らすと、弥生はクッションに載せた下半身をこれ見よがしに左右に揺さぶった。

「わかるかしら？　女だっておっぱいを触られてると硬くなっちゃうのよ」

弥生は淫猥（いんわい）すぎる台詞（セリフ）を口にすると、身体をしならせた。男が硬くなるというのはわかる。でも、女が硬くなるというのは……。

でも、ブラジャーの中でにゅっきりと尖り立つ乳首は、まさに硬くなるという表現がぴったりと当てはまる気がする。

「おっぱいをいじられると感じちゃうのぉ……。ねえ、もっとおっぱいを触って。乳首をくりくりしてぇっ……」

弥生は羞恥(しゅうち)に染まった言葉を洩らした。聞いているだけで、うなじの辺りがじぃんと痺(しび)れるみたいだ。

「弥生さんって見ためによらず、エッチなんですね」

「見ためによらずって、わたしはエッチじゃないなんてひと言も言っていないわよ」

弥生はとろみのある声を洩らした。その頬(ほお)がうっすらと染まっているのは、アルコールのせいだけではないだろう。

「乳首をくりくりしてって。ずいぶんとおっぱいが感じやすいんですね」

「そうよ、感じやすいの。それともなにをされても、色っぽい声ひとつ出さないような不感症みたいなつまらない女が好きなのかしら？」

キスをねだるように、弥生がふっくらとした唇を突き出してくる。人妻にここまでされて、牡としての劣情を抑え込めるだろうか。事実、スエット素材のズボンの中では若茎がびゅくびゅくと蠢(うごめ)いている。

トランクスの中に無理やりしまい込んでいるので、角度が悪く軽い痛みを覚えるほどだ。ポジションを変えてくれと訴えるみたいに、肉幹に浮かびあがった血管がどくどくと鼓動を刻んでいた。

浩之が唇を重ねるのを待ち構えていたように、弥生のピンク色の舌先がぬんっと伸びてくる。

ぢゅるりっ。わざと音を立てるようにして、粒だった舌先をじっくりと絡め合う。弥生の口元から洩れる息は、度数が強い酒と淫らな感情によって、熱気を孕んでいる。

水っぽい音を立てながら唇を、舌先を執念ぶかく吸いしゃぶる。乱れた呼吸を吐き洩らす弥生の胸元は大きく上下していた。

ぐんっと大きく伸びた弥生の舌先が、浩之の上顎の内側の肉づきの薄い部分をちろちろと舐め回す。ぬるついた舌先で軽やかに刺激されると、背筋がのけ反ってしまうような甘美感が込みあげてくる。

「あっ、んんっ……」

普段は意識したことがない部分だというのに、不覚にも悩ましい声が洩れてしまう。

「やっ、やばいですって……」

浩之は呻くような声を洩らすと、反撃するみたいにブラジャーの上から乳首を指先で悪戯した。不思議なもので指先で愛撫すればするほどに、さらなる刺激を求めるように乳首が突き出してくる。

「ねえ、もっと。もっと、激しくして。両方のおっぱいを可愛がって欲しいの」

弥生が身体を密着させてくる。まるで構って欲しいと、立てたシッポを揺さぶりながら身体をこすりつけてくる子猫みたいだ。

「本当にいやらしいんですね」

「だって、久しぶりなんだもの。身体がものすごく感じやすくなっているの。欲張りになっちゃってるのよ」

はしたないおねだりを口にしながら、弥生は肢体をくねらせた。浩之は両の手のひらで左右の乳房を鷲摑みにした。

手のひら全体を使ってまさぐりながら、人差し指の先を使い、自己主張するようにつきゅっとしこり立った乳首を押し込むようにして刺激する。

「あっ、いいっ、それっ、感じちゃうっ。おっぱい、じんじんしちゃうっ」

弥生は長い髪を揺らして、なまめかしい喘ぎを洩らす。

「はあん、どんどん身体がいやらしくなっちゃう。いやらしいことをされたくてたまらなくなっちゃうっ」

もう我慢ができないというように、弥生は胸元を大きく弾ませると、自らの指先でピンク色のワンピースをゆっくりとたくしあげていく。

ストッキングやソックスは穿いていない。張りのあるふくらはぎが露わになり、形のいい膝頭も剝き出しになった。

浩之は息を凝らして、年上の女の仕草を見守っている。細すぎず、そうかといって太すぎない太腿。

それだけではない。ついにはなめらかな女丘を隠している、セミビキニタイプの淡いピンク色のショーツも現れた。

フロント部分に刺繍（ししゅう）やモチーフがあしらわれた上品なデザインが、いかにも三十代の人妻が身に着けるランジェリーという感じだ。

自認しているだけではなく、周囲の男友だちからも草食系だと揶揄（やゆ）されることがあるとはいえ、浩之だって二十代の男だ。

思わず、熟れた身体を荒っぽく抱きしめたい衝動に駆られる。しかし、そんなことをしたらガッついていると思われてしまいそうだ。

弥生は挑発的な視線を投げかけながら、男の視線を意識するようにワンピースを少しずつめくりあげていく。ショーツとお揃いのブラジャーが剥き出しになる。ブラジャーに包まれた熟れ乳は、指先で感じていた以上のボリューム感がある。

「ねえ、どう？」

自らの身体のどこが魅力的なのかをわかっているのだろう。弥生は形のよい唇の両端をあげると、メイクが崩れないように気をつけながら、首元からワンピースをするりと引き抜いた。

これで、ブラジャーとショーツしか着けていない姿になる。十代や二十代前半のアイドルの水着姿やランジェリー姿を雑誌のグラビアなどで見ることがある。それはどちらかといえば、色艶よりも健康美を打ち出したものだ。

しかし、目の前にいるのは妙齢の人妻。ましてや別居中という訳アリの人妻のランジェリー姿はいやらしさが段違いだ。

「あーんっ、そんなエッチな視線で見られると、よけいに感じちゃうっ」

弥生はしなを作るように、胸元で両手を交差させた。ブラジャーのカップに包まれた乳房のあわいに、くっきりとした谷間が刻まれる。それは谷底をうかがい見ることができないほど深々としたものだ。

「そうだったわ。まだ、これを食べていなかったでしょう」

そう言うと、弥生はテーブルの上に置いていたプレッツェルを手に取ると、チョコレートがついていない部分を乳房の谷間に挟み込んだ。

「こうすると、なんだか美味しそうに見えるんじゃないかしら?」

プレッツェルが落ちないように、両手で乳房を寄せながら茶目っ気たっぷりに囁く。まるで、乳房の谷間からプレッツェルがにょっきりと生えているみたいだ。

王さまゲームというのは聞いたことがある。あれは複数の男女がいる場で、間接キスのようなシチュエーションで場を盛りあげる遊びだ。こんなにもエロティックなものではない。

「チョコレートが溶けないように、わざわざ氷で冷やしておいたのよ。早くしないと、チョコレートが溶けて、わたしのおっぱいがチョコレートまみれになっちゃうわ」

扇情的な言葉を口にしながら、弥生はプレッツェルを挟んだ胸元をぐっと突き出してくる。無意識の内に、喉元がごくりと上下してしまう。

確かに美味しそうだが、それよりも卑猥さが際立っている。

「ねえ、早くぅ」

明らかに弥生は、自分よりも年下の浩之の反応を楽しんでいる。癪だと思わなくはないが、そんな感情は重たげに揺れる乳房によって容易くねじ伏せられてしまう。

双乳の狭間には、小魚を誘惑するチョウチンアンコウの誘因突起のようにプレッツェルが挟み込まれている。視線を逸らそうとしても逸らすことができない。

「はあっ……」

大きく深呼吸をすると、浩之はプレッツェル目がけて口元を寄せた。

ぽりっ、ぽりっ。前歯を軽く嚙み合わせ、プレッツェルを砕く。甘ったるいチョコレートの風味が口の中に広がっていく。

三口ほど噛むと、唇がこんもりとした隆起した乳房に触れる。

「あっ……やだっ、すっごくエッチな感じぃ……」

弥生は鼻にかかった声を洩らした。噛み砕かないように前歯を慎重に重ね合わせながら、プレッツェルをするりと引き抜く。

「ねえっ、美味しかった。わたしのおっぱいの味がしたかしら？」

楽しそうに微笑む弥生の表情は、スーツが似合うキャリアウーマン然とした姿からはかけ離れている。

「本当はもっとおっぱいを見たいんじゃない」

決めつけるように囁くと、弥生は両手を背後に回し、ブラジャーの後ろホックに指先をかけた。ぷちんっと音を立てホックが外れ、見るからに重たそうな乳房が耳には聞こえない落下音を奏でるようにこぼれ落ちてくる。

支えを失ったことで、両の乳房がたぷんたぷんと弾むように揺れている。優にFカップはあるだろう。見るからに柔らかそうでボリューム感に満ち溢れているのに、バストトップの位置は想像していたよりも上にあった。

巨乳になればなるほど、多少なりとも乳首の位置がさがるのは仕方がないと思うが、まだ三十歳の弥生の乳房はしっかりとポジションを保っている。直径一センチほどの乳首はやや濃いめのピンク色だ。

「ねえ、どう？」

弥生は両の乳房を両手で支え持つと、牡の欲情をかき立てるように自らの指先でわしわしとまさぐってみせる。

特に親指と人差し指の腹を使って、乳首をゆるゆるとこねくり回すさまは破廉恥極まりない。淫らな興奮が高まるにつれて、乳首だけではなく乳輪もきゅっと収縮し、その色合いが深くなっていくみたいだ。

「弥生さんって普段はすまして見えるのに、本当はいやらしいんですね」

「あーんっ、そんなふうに言わないで。でも、そんなふうに言われると、ますますヘンな気分になっちゃうっ。だけど……」

「だけど……？」

「管理人さんだって、エッチな気分になっちゃっているんじゃないの」

弥生はにんまりと笑うと、浩之の耳元に唇を寄せ、前歯を軽く立てながら息を吹きかけた。年上の女の行動は予測がつかない。耳元に感じる熱い息遣いに肩先がびゅくりと上下してしまう。

「もしかして、管理人さんって意外と初心（うぶ）なのかしら？」

嬉しそうに囁くと、弥生はスエットに包まれた浩之の下半身に右手の指先を伸ばしてきた。

「あぁんっ、もう、こんなふうになってるっ。すごいわ、こんなに硬くなっちゃうのね」

弥生は声をうわずらせながら、逞（たくま）しさを漲らせている肉柱に指先をきゅっと食い込ませた。週に何度かは、自らの指先でペニスをまさぐることはある。しかし、男の骨ばった指先と女のすらりとした指先とでは、その感触がまったく違う。

スエット生地のズボンとトランクス越しに、弥生は威（い）きり勃（た）ったモノをスローなタッチでさすりあげる。まるで、勃起したペニスの大きさと形をじっくりと確かめているみたいだ。

「んっ、くうっ……」

たまらず、浩之は喉の奥に詰まった声を洩らした。緩やかな指使いで撫で回されると、尿道の中に溜まった卑猥な粘液が鈴口から滲み出してくる。

まるで恥じらう乙女のように、浩之はクッションの上で尻を揺さぶった。少しでも意識を逸らしていないと、情けないことだが彼女の指使いだけで達してしまいそうだ。

「はぁーん、硬いのを、オチ×チンを触っていると、わたしだって感じちゃうのよ」

弥生は淫らすぎる単語を口走った。それはスーツに身を包んでいるときの彼女からは、まったく想像もつかない言葉だ。

それが逆に牡の劣情を煽り立てる。鈴口から噴きこぼれた潤（うる）みの強い先走りの液体によって、トランクスの前合わせに卑猥なシミが広がっていく。

「ねえ、見せて……。硬くなっているオチ×チンを見たいのっ……」

欲情に駆られたように弥生が囁く。重たげに揺れる巨乳を露わにした人妻からこんな言葉を囁かれて、邪険にできる男が果たしているだろうか。

はっきりとした言葉で拒絶しないことを、弥生はオッケーの合図だと理解したようだ。

「はあっ、ナマのオチ×チンを見るなんて、どれくらいぶりかしら」

弥生の言葉に、浩之は生唾（なまつば）をごくりと飲み込んだ。否が応でも淫猥極まりない展開を期待してしまう。いや、期待しないほうが無理というものだろう。

弥生の手が浩之が身に着けている衣服にかかる。だが、それは下半身を覆い隠すズボンではなく、トレーナーのほうだった。トレーナーの下に着ていた薄手のインナーも、慣れた手つきでするりと首から引き抜く。

「うふふっ、物事には順序ってものがあるものね」

けっして濃くはないベージュ系のアイシャドウで彩られた目元を緩めると、弥生は男の視線を弄ぶように伸ばした舌先をゆらゆらと揺さぶってみせた。ぬめ光る舌先を見ただけで、卑猥な妄想が際限なく広がっていくみたいだ。

「男の子だって、おっぱいが感じる子はいるんですって」

言うなり、弥生は女とは違う直径五ミリ程度の男の乳首に舌先をでろりと這わせた。日頃は乳輪に埋もれているようになりを潜めている小さな乳首が、驚いたようににゅっとその身を縮める。

にゅるっ、にゅぷりっ……。

生温かい舌先が、快感をほじくり返すみたいに胸元を執拗に攻め立てる。いままでは乳房や乳首が感じるのは、女だけだと思っていた。いや思い込んでいた。

それなのに、ねちっこいタッチで舐め回され、ちゅちゅっとリズミカルに吸いしゃぶられると、胸元を突き出したくなるような快美感が込みあげてくる。こんなことは生まれてはじめてのことだ。

思えば、元カノたちとのセックスは、性的な経験が比較的少ない浩之が主導権を握っていて、フェラチオ以外の愛撫をされた記憶はほとんどなかった。

「男たるもの、女におっぱいを悪戯されて声なんか出すものかって思っているタイプも多いみたいだれど、女よりも感度がいい男もいるみたいよ」

快感を堪えようと声を押し殺す浩之の反応に、弥生は嬉しそうに目を細めた。

「せっかくなんだもの。セックスは本能のままに思いっきり楽しまなくちゃ。そうでなくちゃ、お互いにつまらないでしょう。ああん、さっきから見たくて見たくてたまらなくなっちゃってるの。お預けって、お互いにすっごく興奮すると思わない？」

メイクのせいだけではない。弥生の目元や頬がほんのりと赤みを増している。ナチュラルなベージュのマニキュアで彩られた指先が、浩之が穿いているスエットのズボンの上縁をしっかりと握り締めた。

それをトランクスとひとまとめにして、ずるずると引きおろしにかかる。管理人としての立場や人妻に見られるという気恥ずかしさなど、すでにどこかに吹き飛んでいた。

ソックスはもはや邪魔な布切れでしかない。浩之はさりげなくつま先を摑んで、それを脱ぎ捨てた。

はっきりとわかるほど大きな濡れジミができたトランクスと亀頭の間には、粘り気のある透明な液体がつーっと糸を引いていた。下半身を覆っていた布地を奪われると、浩之は一糸まとわぬ姿にされた。

年下の男の生まれたままの姿を目にした瞬間、弥生は、

「ああんっ、ナマのオチ×チンッ……」

と感極まった声をあげた。その声からは彼女の性的な渇きが感じられる。剝き出しになったペニスは、鈴口から噴きこぼれた濃厚な潤みが裏筋のほうにまで滴り落ち、濡れたような輝きを放っていた。

ショーツしか身に着けていない彼女の肢体からは、鼻先をふんふんと鳴らしたくなるような、甘さとかすかな酸味を含んだミルクっぽい香りが漂っている。

「男の子も興奮すると、こんなふうにぬるぬるになっちゃうのね」

弥生はルージュを引いた下唇に、白い前歯を軽く当てた。目力を感じるその表情は、まるで極上の獲物を目の前にして前傾姿勢で狙いを定めるネコ科の動物を連想させる。

彼女は浩之に抱きつくと、唇を重ねてきた。大きく開いた唇を斜めに重ね合わせる、ねちっこいタッチのキス。息継ぎさえもできないような、濃厚な舌使いに頭がくらくらしそうだ。

「ああっ、今夜はどうにかになっちゃいそうっ」

口づけを交わしたまま、弥生は体重をかけるようにして浩之の身体を押し倒した。

あまり厚くはない浩之の胸板に、釣鐘形の重たげな熟れ乳が密着する。

「ねえ、おっぱいをナメナメして。感じさせてくれたら、イイことをいっぱいしてあげるから」

あえて具体的に言葉にしないことが、牡の淫欲をいっそう盛りあげる。浩之は目の前の乳房にむしゃぶりついた。右の乳房に舌先をねっとりと絡みつかせながら、左の乳房をやや荒っぽい感じで揉みしだく。

「ああん、いいわあ……」

緩急をつけた愛撫に弥生は喉元を大きく反らして、喜悦の声を迸らせた。揺れる乳房の上で鎖骨が優美なラインを描いている。

「いいわっ、感じちゃうっ……」

ラグの上に仰向けに横たわった浩之に跨るような格好で、弥生は完熟した肢体をうねらせる。乱れた息遣いに合わせるように、柔乳がぷるんぷるんと波を打つ。

「はあんっ、管理人さんったらぁ……」

弥生は脳幹の辺りに響くような艶っぽい声を洩らすと、ゆっくりと上半身をあげた。

「言ったでしょう。イイことをしてあげるって……」

浩之の身体に馬乗りになった弥生と視線が交錯する。ほっそりとした首筋や肩先にかかる品のいいナチュラルブラウンの髪の毛が、否が応でも男の本能的な部分をかき立てる。

弥生はまだ淡いピンク色のショーツは穿いたままだ。ショーツだけを身にまとった弥生は、浩之の体軀の上でわずかに後ずさりした。

その間も浩之から視線を少しも逸らそうとはしない。情熱的な眼差しに射抜かれたように、身体の自由が利かなくってしまう。

「ねえ、こういうのは……？」

弥生の物言いはどこか抽象的だ。直接的(ストレート)ではないぶんだけ、ふしだらな妄想が叢雲(むらくも)のように広がっていく。

「んふっ、こういうのはどうかしらって……」

肩よりも長い髪の毛は、やや緩いカールを描いていた。弥生はそれを親指と人差し指でひと房摑むと、触れるか触れないかの絶妙なタッチで、表面がつるつるに見えるほどに張りつめた亀頭をゆっくりとなぞりあげる。

まるで筆先で優しく弄ばれているみたいだ。いままで感じたことのない種類の快美感に、浩之は切なげに目尻を歪めた。思わず、ラグの上についた尻が不自然に浮かびあがってしまう。

「んあっ、ああっ……」

浩之は女の子みたいな悩ましい声を洩らした。

「ねえっ、お楽しみはこれからよ」

弥生は新しい玩具を前にした子猫みたいに、瞳をきらきらと輝かせている。女としての自信を失っていると言っていただけに、彼女が放つ言葉や動きひとつに反応する浩之との行為が楽しくてたまらないみたいだ。

「髪の毛だけで興奮しちゃうんだったら、こういうのは？」

弥生は前のめりになり乳房を支え持つと、つぅんとしこり立った乳首の先を亀頭に押しつけてきた。

手足の皮膚とは明らかに色合いが異なる、赤みを帯びた亀頭と乳首がこすれ合う。どちらも性的な昂ぶりによって、肉質がきゅっと凝り固まっている。

「こっ、これは……」

浩之は喉を絞った。男の快感は視覚から得られるところも大きい。亀頭を乳首で愛撫されているのを見ているだけで、玉袋の表面がうねうねと波打ち、蟻の門渡りの辺りがじぃんと甘く痺れるみたいだ。

「こうしていると、おっぱいがよけいに敏感になっちゃうっ」

先走りの液体によって、亀頭だけではなく裏筋の辺りまでぬるぬるになっている。弥生はそのぬめりを使って、筒状にしこり立った乳首で牡の敏感な部分をじっくりとなぞり回す。

ときには鈴口に乳首を押しつけてきたりもする。まるで、乳首で亀頭を凌辱(りょうじょく)されているみたいだ。しかし、それは少しも不快なものではなく、ラグに尻がずるずると沈み込んでしまうのではないかと思うほど甘やかな快感だ。

「ああん、いいわぁ……すっごく、イケないことをしている気持ちになっちゃうっ」

人妻とは思えないような淫らな行為をすることによって、弥生の心身も炎上しているみたいだ。年上の女にハマり、自分をないがしろにした夫に対して思い知らせるように、淫らな行為をエスカレートさせているようにも思える。

「ねえ、どんどんエッチなお汁が溢れてきてるみたいよ」

「そっ、それは、弥生さんがいやらしすぎるからですよ。大きなおっぱいで、こんなにスケベなことをされたら、誰だってこんなふうになりますよ」

「あら、嬉しいことを言ってくれるのね。女って褒(ほ)められると、どんどん頑張っちゃうものなのよ」

弥生は蕩(とろ)けるような笑顔をみせた。男の身体は極めて正直にできている。性的に昂ぶらなければ、鈴口からカウパー氏腺液が溢れ出すことはないし、ペニスが勃起することもしない。

弥生はそれをよく理解しているに違いない。だからこそ、浩之の反応が嬉しくてたまらないのだろう。

「もっともっと、管理人さんを、オチ×チンを感じさせたくなっちゃうっ」

弥生はさらに肢体を前のめりにすると、今度は乳房のあわいにペニスを密着させた。密着というよりも熟れ乳の谷間によって、若茎をすっぽりと包み込んだというほうが正確だろう。

「うわぁっ……」

男らしさを漲らせた肉柱が、しっとりとした柔らかいものに取り込まれるような感覚。火照(ほて)った肌の温もりとペニスにのしかかる重量感が、リアルさを幾重にも増幅させる。

「こうすると、余計に気持ちがよくなっちゃうんじゃないかしら」

女豹のように前傾姿勢になった弥生の両手が、完熟した乳房を両側からしっかりと押さえ込む。こうすることで、さらに密着感が強くなる。

「うわっ、これはヤバいですっ。気持ちがよすぎますっ」

たまらず、浩之は悩乱の声を迸らせた。

「まだまだ、こんなもんじゃないのよ」

得意げに囁くと、弥生は青々とした血管を浮かびあがらせた若柱を揉みしだくように、乳房を押さえ込んだ両の手のひらをゆっくりと動かした。

フェラチオで得られる快感は知っていたが、これはそれとはまったく趣きが異なる悦(よろこ)びだ。柔らかい乳房でペニスをやわやわと刺激されると、尿道の中からとろっとした粘液がとめどなく滲み出してしまう。

桃を思わせるようにぷりっと割れた尿道口から溢れた粘液は、牡杭(おすくい)をべったりと濡らすだけではとどまらなかった。ペニスを挟み込む双の乳房も天井からの灯りを受け、淫らな輝きを放っている。

「ああっ、これ以上は……」

極上すぎる快感に、浩之は情けない喘ぎ声を洩らした。人妻の熟れきった乳房で淫茎を包み込まれ、揉みしだかれる快感はたまらない。

だが、このままでは不覚にも暴発してしまいそうだ。

「セックスは本能のままに思いっきり楽しまなくちゃ。そうでなくちゃ、お互いにつまらないでしょう」

そう言っていた弥生の言葉が脳裏に蘇ってくる。彼女の言うとおりだ。いままで知らなかった悦びを教えてもらえるのは男としては嬉しい限りだが、そのぶんだけ相手にも快感を与えられなければ情けない心持ちになってしまう。

「すごいわね。オチ×チンがぬるんぬるんになっちゃってる。こんなに感じてくれたら、わたしだって嬉しくなっちゃうわ。それに、わたしだって、本当はもう限界なのよ」

弥生は乳房の谷間からわずかにはみ出した亀頭の先端を、桃色の舌先でぺろりと舐めあげた。ちゅちゅっと軽やかな音を立てて、じゅくじゅくと滲み出す牡汁を嬉しそうにすすりあげる。その表情は見惚れてしまうほどに艶っぽい。

「ダッ、ダメですって。それ以上されたら……」

浩之は尻の肉に力をむぎゅと力を蓄えて、玉袋の裏側の辺りから込みあげてくる快感を強引に押さえ込んだ。

「あらっ、ちょっと刺激が強すぎちゃったかしら？」

弥生は上半身をゆっくりと起こすと、牡汁でぬめ光る口元を指先で軽く拭ってみせた。

「本当はわたしだって欲しくてたまらないのよ。だって、こんなに硬くなったオチ×

チンを見たのは久しぶりなんだもの」

　切なさを滲ませる彼女の言葉に、どうしても疑問が浮かびあがってしまう。もちろん、聞いてはいけない不粋なことだということはわかりきっている。

　でも、蠱惑的な弥生の肢体を目の当たりにし、肌を重ねているだけに、どうしても聞かずにはいられなくなってしまう。

「旦那さんとは……していなかったんですか？」

「そうね、もともと淡白なタイプだと思っていたんだけれど。でも、浮気調査の報告書を見る限りでは、熟女キャバクラのオバサンとは結構していたみたいね。まあ、わたしに男を見る目がなかったってことかしら。もう、そんなつまらない話はやめて。わたしからどんなに誘ったって、アノ男（ひと）のオチ×チンはうんともすんとも反応しなかったんだから……」

　弥生は吐き捨てるように言った。別居しているとはいえ、離婚届を提出していない夫のことをアノ男と表現するあたりに、彼女の感情が表れているように思える。

「そんなことは、もうどうだっていいのよ。それよりも、いまをたっぷりと楽しみたいの」

　弥生は少し拗ねたように言うと、仰向けに横たわった浩之の身体に跨ったまま、セミビキニタイプのショーツに指先をかけ、下半身を左右に揺さぶりながら脱ぎおろしていく。

ショーツで隠されていた丘陵には、やや濃いめの草むらが生い繁っていた。それはナチュラルな逆三角形だ。

ショーツをおろしたことで、太腿の付け根の辺りから漂うフェロモンの香りがよりいっそう強くなる。鼻腔を刺激するその香りに、浩之の淫茎がひゅくんと反応する。

「ぼっ、ぼくも……」

浩之はラグに横たわったまま両手を伸ばし、形のいいヒップを手のひらで撫で回した。手を伸ばせば届くところに人妻の太腿の付け根が見える。まさに絶景だ。

「あーんっ」

弥生は悩ましい声を洩らすと、小鼻をヒクつかせた。くびれたウエストからむっちりと張り出した腰の曲線が、筆舌に尽くし難い色っぽさを醸し出している。

浩之の体軀を跨ぐように膝をついた、左右の太腿のラインも魅惑的だ。手のひらを大きく広げ、尻から太腿へと繋がる曲線に張りつかせる。

太腿と尻の境目の辺りは、わずかに肉の質感が異なる気がする。きゅんっとせりあがった双臀の感触が指先に心地よい。

指に神経を集中させると、太腿の付け根の辺りがわずかに湿り気を帯びているのがわかる。ぬめりを帯びたそれが、汗ではないことくらいは浩之にだってわかる。

もっちりと品よく重なった大陰唇の合わせ目をそっとなぞりあげると、秘密めいた部分から濃厚な蜜液がとろりと滴り落ちてきた。

「ああーっ、もうっ、エッチなのね……」

弥生は顎先を突き出すと、半開きの唇から悩ましい喘ぎを洩らした。

「それはお互いさまじゃないですか」

ここぞとばかりに、浩之は甘蜜を滲ませる女の切れ込みを指先でゆるりと悪戯する。

「だけど、シャワーも浴びていないのよ」

弥生は恥じらうような言葉を口にした。浩之だって居酒屋で飲んで自宅に帰りつくなり、この部屋に呼び出されたのだ。シャワーを浴びていないのはお互いさまだ。

きっと昼間はストッキングを穿いていたのだろう。弥生の下半身から漂う甘みを帯びた香りが、牡の本能的な部分を直撃する。

「もっと大きく足を開いてくださいよ」

「あっ、でも……恥ずかしいっ……」

自らの指先でショーツを脱ぎおろしているというのに、弥生は躊躇(ためら)うようにヒップを左右にくねらせた。身体を揺さぶったことでフェロモンの香りがよりいっそう強くなる。それは牡をそそる最高の媚薬だ。

「あーんっ、でも……」

年上の女は攻め入るときは勇猛果敢でも、守備に回った瞬間に態度が一変する。それが妙に可愛らしく思える。思えば、年上とはいっても弥生とは五歳しか違わないのだ。

「ぼくのオチ×チンをぬるぬるになってるって言っていましたけれど、弥生さんのオマ×コだって濡れているんじゃないんですか？」

「あっ、いやだっ……そんなぁっ……」

弥生の口から狼狽の声が洩れる。それを隠すように尻を左右に揺さぶったが、それによって淫靡な香りがますます鮮烈になる。

「今夜は欲張りになってるって言っていたじゃないですか」

彼女の言葉を真似るように、浩之は愛液を滲ませる花びらの合わせ目に右手の人差し指の先をそっと潜り込ませた。女丘を隠す三角地帯は草むらがやや濃いめだが、萼のような大陰唇は密度が控えめな感じだ。

「あっ、だめっ……」

花びらの合わせ目にちょこんと鎮座する秘蕾に指先が触れた瞬間、弥生は背筋を大きくしならせた。まるで綻びかけた梅や桜の蕾のように、クリトリスはふくらみきっていた。直接目で確認しなくても、指先でもはっきりとわかるほどにだ。

「セックスは本能のままに思いっきり楽しまないと、ダメなんですよね」

浩之は弥生が口にした言葉を繰り返すと、愛らしい核を指先で軽やかにクリックした。

「あっ、ああんっ……」

膝立ちになった弥生の太腿の肉の柔らかい内側に、ぴりぴりと短いパルスが走る。弥生はもどかしげに肢体をくねらせた。

「弥生さんって感じやすいんですね」

「ああんっ、だって……こんなこと……久しぶりだから……」

甘えるように弥生は久しぶりという単語を口にする。それはもっとというおねだりの言葉みたいだ。

「はあっ、身体の奥が熱くなっちゃうっ……。欲しくてたまらなくなっちゃうっ」

「欲しいって、なにが欲しくてたまらないんですか？」

あえてわかりきっていることを問い返す。

「んんーっ、意地悪なのね。そんな恥ずかしいこと……」

「恥ずかしいんなら要らないんですか？　さっきまでオチ×チンを連呼していたじゃないですか？」

わざと女心を抉（えぐ）るような言葉を口にする。それはいやらしい言葉を口にしたり、耳にしたりすることで弥生がさらに昂ぶると感じたからだ。

「ああん、欲しいのよぉ……」

浩之の身体に跨ったまま、弥生はもどかしげにふたつの大きな乳房を揺さぶった。言葉の代わりに身体で訴えているみたいだ。

「じゃあ、要らないんですね」

浩之は執拗に畳みかけた。不思議なもので自ら口に出すときには平気なクセに、言わされるというシチュエーションに彼女は尋常ではないほどに興奮を覚えるみたいだ。

浩之自身、この状況に昂ぶらないはずがない。その証拠に、剝き出しになったペニスは少しも萎（しお）れる気配がない。それどころか、男らしさを誇示するように青みを帯びた無数の血管が浮かびあがる。

「管理人さんったら、意外と意地悪なのね。ココまできて、欲しくないわけがないじゃない」

弥生は我慢しきれないというように乳房を左右に揺さぶりながら、右手で勃起しきった肉柱をぎゅっと握り締めた。淫らなリクエストをするように、亀頭から裏筋のあたりを親指の腹を使ってしゅこしゅことしごきあげる。

「ああっ、それは……」

浩之は苦悶にも似た声を洩らした。余裕がある素振りを演じてはいるが、実のところどこまで辛抱できるか自信がない。

ゆっさゆっさと蠱惑的に揺れる乳房をこれでもかと見せつけられると、ほんの少しだけクールに振る舞う素振りさえできなくなってしまう。

それでも、男としての意地がある。もったいをつけるように、わざと腰の位置をずらしてみせる。

「コレが欲しいんでしょう？」

浩之は葉脈のような血管が浮かびあがるペニスを、自らの指先で撫でてみせた。尿道口から噴きこぼれた先走りの液体によって、指先が驚くほどなめらかにすべる。

「ああんっ、そんなふうに見せびらかすなんてぇ……。それって……」

「それって？」

「ああーんっ、反則よぉっ……。こんなにオチ×チンが欲しくてたまらないのに」

弥生は焦(じ)れたように胸元を揺さぶった。彼女のすらりとした指先が、ぎちぎちに硬くなったモノを再び握り締める。

「はあっ、やっぱり硬いっ……触っているだけで、アソコが……オマ×コがじんじんしちゃうっ」

弥生が物欲しげにヒップをくねらせる。∞の字を連想させるような急カーブを描く腰の動きは、明らかに牡を誘惑するものだ。ワンルームの部屋の中に、発情した牝(めす)が放つフェロモン臭が立ち込める。

「ねえ、意地悪しないでよ……。イイでしょう？」

弥生の物言いは尋ねるというよりは、合意を確認する付加疑問文みたいな感じだ。人妻の淫らすぎる姿を見せつけられ続けているのだ。浩之にも我慢の限界が迫りつつあった。

しかし、管理人としての立場もある。そこだけはどうしても越えてはならない境線だ。天井の照明を付け替えたことで、人妻に関係を迫ったと思われるようなことは絶対にはあってはならない。

この場での主導権は、あくまでも弥生が握っていけなくてはいけないのだ。誘惑をしたのは人妻の弥生であって、年下の浩之はその魅力に負けてしまったという形でなくてはならない。

「あーんっ、そんなに焦らさなくてもイイじゃない」

普通の年下の男であれば、欲望の赴くままに肉感的な肢体に覆い被(かぶ)さるはずだ。しかし、浩之はそうしたくなる衝動を懸命に押しとどめていた。

だが、心と身体は違う。手のひらに収まりきらない乳房を目の前にして、しっとりとした柔肌に触れることによって、ペニスはいまにもはち切れそうなほどの逞しさを漲らせている。

「こんなに硬くなっているオチ×チンを前にして、これ以上、我慢ができるはずがないじゃない」

眉頭にわずかに皺(しわ)を寄せると、弥生はひとり言みたいに呟いた。その手はしっかりと肉柱を摑んでいる。なにがあっても離そうとはしない指先に女の情念が滲んでいる。

「欲しいものは、なにがあっても欲しいのよっ」

言いきるような弥生の口ぶりには、逆らい難い説得力が感じられた。

「だって欲しくて、オチ×チンが欲しくてたまらないんだもの」

浩之の体軀に跨ったまま、弥生は賛同を求めるように牡の小ぶりな乳首を指先で軽く弾(はじ)いてみせた。喉の渇きなのだろうか、身体の渇きなのだろうか。弥生はルージュで彩られた唇を舌先でちろりと舐めあげる。

少し芝居がかってさえ見える仕草が、いかにも年上の女という感じだ。ふたりは部屋のほぼ中央に置かれた円形のラグの上で、視線を交錯させた。

「ねえ、あんまり焦らさないでよ」

弥生の右手の指先が、血液をぎちぎちに蓄えたペニスをぎゅっと握り直す。先ほどまでは根元から亀頭へ、亀頭から玉袋のほうへと上下にしごきあげるような指使いだった。

しかし、今回は明らかに違う。肉柱をしっかりと摑むと、自らの欲望に満ち溢れた部分へと導こうとしている。

「だって、こんなふうにかちんかちんになっているオチ×チンを見せびらかされたら、欲しくなっちゃうように決まってるじゃないっ」

弥生の声が艶っぽさを増す。浩之の体軀の上で膝立ちになった肢体をわずかに前後させると、狙いを定め、濡れそぼった割れ目をゆっくりと押し当ててくる。

にゅるっ、ぢゅぷっ……。

厚みを増した花びらのあわいからも、鈴口からも透明な淫欲の粘液が滲み出している。

「あぁーん、いいわぁ……。すっごく、ぬるぬるしてるっ……」

弥生はうっとりとした声を洩らしながら、とろんとした愛液を滴り落とす女裂に亀頭をなすりつけた。互いの身体から滲み出した蜜液によって、敏感な部分同士がにゅるにゅるとうわすべりをする。

「うぁっ……」

「ああーんっ、いいーっ」

赤みが増した粘膜色の性器がこすれ合う感触に、ふたりの唇から色めきたった声がこぼれる。

「いいっ、すっごく、いいっ……これよ、この感触よぉ……」

肉柱を摑んだ弥生は、ちゅんとしこり立った淫蕾に亀頭を密着させながら、大きさが異なる無数の円を描くようにヒップをくねらせる。

にゅぷ。ちゅぷり……。

弥生が下半身を揺さぶるたびに、耳の奥にねっとりとへばりつくような音があがる。厚みを増した二枚の小陰唇が、亀頭にまとわりついてくるみたいだ。優美かつ淫靡なその腰使い。

あっさりと女の深淵に飲み込もうとしないあたりに、成熟しきった女特有の強欲さが感じられる。期待感を含んだ悦びが、淫嚢（いんのう）の裏側の辺りからふつふつと湧きあがってくる。

「こっ、これ以上はヤバいですって……」

浩之はくぐもった声を洩らした。蜜を滴り落とす花びらで蹂躙（じゅうりん）されるだけで、危うく白濁液（はくだくえき）が噴出しそうになる。

「ヤバイって、いったいなにがヤバイのかしら。最近はイイも悪いも全部ヤバイだから、わかりづらいわよねぇ」

くふっと笑いながら、弥生は楽しげに目を細めた。三十代の女、仮にも人妻なのだ。下半身を退いて逃れようとする、男の生理や真意がわからないわけがない。

「あーんっ、こんなにぬるんぬるんにしちゃってぇ」

弥生は嬉しそうに囁くと、ラグの上で身体を頑なにしている浩之の怒張に下半身の唇で口づけをした。

「ねえ、そろそろ、イイでしょう？」

ペニスを握り締めた弥生の指先に力がこもる。

「もう我慢ができないわ。身体が奥が疼（うず）いちゃってるの。まさかここまできて、いまさらお預けだなんて言わないわよね」

弥生は牡杭の先端を、牝蜜を滲ませる肉びらのあわいにぎゅうっと押しつけた。いままでの緩やかなタッチですり合わせられるのとは明らかに違う。

浩之の身体に膝をついて跨った弥生が、少しずつ桃のように丸いヒップを落としてくる。傘を開いたキノコのような亀頭の硬さを楽しむように尻を小さく揺さぶりながら、女のぬかるみの中に少しずつ飲み込んでいく。

「ぐむぅっ……」

「あーんっ、いいわあっ。はっ、入ってくるっ。オチ×チンが……硬いのが……入って……入ってきちゃうぅっ……」

弥生の声のトーンが高くなる。行儀よく重なっていたはずの花びらが妖しく波打ちながら、彼女の膣内に牡茎をずぶずぶと取り込んでいく。

柔らかく弾力に満ちた乳房で挟み込まれるのとも、ねっとりとした唇や舌先で愛撫されるのともまったく違う甘美感が押し寄せてくる。

熱く煮蕩けた粘膜同士が、溶けあってひとつになっていくような感覚。ふたりの唇から同時にセクシーな吐息が洩れる。

「ああんっ、コレよぉ。いいわあっ、すっごくいいっ、オマ×コの中がオチ×チンでいっぱいになっちゃってるぅっ……」

浩之の身体を膝で跨ぎながら、弥生は背筋をぎゅうんとしならせた。整った目元をぎゅっと閉ざしている。まるで全神経を集中させて、ペニスの大きさと硬さを味わっているみたいだ。

「はあっ、これが……これがずっと欲しかったの……欲しくてたまらなかったのよ」

弥生が胸の中にずっと抱え込んできた、女としての飢えと渇きを口にする。

いっきに激しく尻を振り動かしたりはしない。まるで天井を仰ぎ見るみたいに、顎先を突き出しながらゆっくりと息を継いでいる。肉柱によって貫かれる感覚をじっくりと噛みしめているみたいだ。

弥生はほとんど肢体を動かしてはいないというのに、十代の若者みたいな角度で威きり勃った肉柱に、無数の小さな隆起を見せる膣壁がざわざわと取り縋ってくる。

「ああっ、ぐくうっ」

浩之はラグに押しつけた尻を小刻みに小さく振り動かした。弥生の膣内はペニスを奥へ奥へと引きずり込むように、妖しい蠢きを繰り返す。

このままでは腰をストロークさせる間もなく、半ば強制的に搾りあげられてしまいそうだ。それほどまでに弥生の膣内は魅惑的だ。

それでは、あまりにも情けなさすぎる気がする。浩之は深く浅くと呼吸を刻むと、下半身に騎乗した弥生の熟れ尻を鷲掴みにした。

「あっ、あーんっ……管理人さんったらぁ……」

年下の男からの思いもよらぬ反撃に、弥生は驚いたように全身をびゅくりと震わせた。身体の表面的な皮膚に連動するように、牡杭を締めつける目には見えない蜜壺の内部も収縮する。

「くうううっ……」

浩之はくぐもった唸り声を洩らした。深呼吸をゆっくりと繰り返すと、叫び声をあげたくなるような切羽詰まった快感がほんの少しだけ緩やかなものに変化していく気がする。

思えば実家から強引に追い出されるように、このマンションに管理人として移り住むようになったのだ。それまでは、週に二回から三回程度は習慣になっていた自慰行為をすることもほとんどなくなっていた。

理由は簡単だ。半透明の袋の中身をじろじろと観察する入居者もいる。考えすぎかも知れないが、ゴミ袋の中身に使用済みのティッシュペーパーが多いと不自然に思われてしまいそうだからだ。

それゆえに、制御が利かなくなっていたことは否めない。だが、男の身体というのは不思議なものだ。ひたすらに射精を我慢し続けると、今度は逆にそう簡単にはイカなくなってしまう。

「はあっ、っううううっ……」

浩之は低く唸った。淫嚢の表面から裏側にかけて、びりびりと電流が走るみたいだ。それでも先ほどまでの少しでも彼女が腰を振り動かしたら、即座に暴発してしまうのではないかと思えるほどの快感は、徐々にだが鎮(しず)まりかけていた。

「ああんっ、いいわっ、すごいの、なんていうのかしら。オマ×コの中にぴっちりとフィットするって言えばいいのかしら。はあっ、オチ×チンが膣内(なか)でびゅくんと動くだけで、頭の芯にずきゅんと響くみたいなの」

弥生は息を乱した。彼女は雁首を張った牡柱で膣壁をぐりぐりと抉るように、熟れきった肢体をくねらせる。

「すごいわっ、身体がおかしくなっちゃううっ……どんどんオツユが溢れ出してきちゃうっ」

確かにその言葉のとおりだ。性的な昂ぶりは媚肉からとろとろと滴り落ちる甘蜜の匂いさせも変化させる。弥生の口元からこぼれる吐息も、さらに甘さを増していた。それはかすかに柑橘系(かんきつけい)の芳香を漂わせる、ジンの香りとは明らかに異なっていた。

「はあっ、ねえ……」

　彼女はさらなる悦びが欲しいと訴えるように、前かがみになってぽってりとした唇を重ねてきた。目の前で肢体を揺さぶるのは、一糸まとわぬ人妻なのだ。まして本人が別居の理由を口にするような、ひと癖もふた癖もある訳アリの人妻である。

　訳アリというキーワードは特別だ。はじめはささやかに燃えていた牡の好奇心に、揮発性の高い燃料油をぶちまけられるみたいだ。それがいっきに燃え広がる。

「ああんっ、は、はいっ……入ってるぅっ……」

　浩之の下腹部に跨った弥生は、不安定な身体を支えるように胸の辺りに両手をついた。悩ましい吐息を洩らしながらも、牡の小ぶりな乳首を指先で軽やかに悪戯することも忘れない。

「もっと、奥まで欲しくなっちゃうっ」

　惑乱の喘ぎを迸らせると、弥生は浩之の胸元に体重を預けるようにして、ラグについていた両の膝をゆっくりとあげて、つま先立ちになった。

　まるで、和式のトイレに跨るような破廉恥極まりない格好だ。左右のつま先で肢体を支えるという不安定な体位のために、蜜壺の締めつけがいっそうキツくなる。

　これでもかというみたいにわざと大きく太腿を左右に割り広げ、赤みが強い性器が繋がっているところを見せびらかしているみたいだ。

　互いが少しでも身体を揺さぶるたびに、甘露が滲み出す結合部からはぐちゅっ、ぐちゅという鼓膜に響くような淫らな音があがる。

「イイのぉ、気持ちがよくて……あたまが、身体がヘンになっちゃいそうっ……」

　剝き出しになったFカップの乳房を露わにしたまま、弥生はぜいはあと短い喘ぎを吐き洩らす。身体が奥深い部分でしっかりと繋がっているからだろう。

　浩之の下半身の動きと、弥生のかすかに波打つような下腹部の動きが同調している
ように思える。

「はあっ、オチ×チンが膣内でびくんびくんいってるぅっ……」

　弥生は堪えきれないというみたいに、男らしさを漲らせたペニスをしっかりと咥え込んだまま、M字型を思わせるように広げた下半身をなよやかにくねらせる。

「はあっ、いいっ、すっごく……気持ちいい……。こんなふうに感じるのって、どれくらいぶりかしら。あーんっ、身体の真ん中をがちがちのオチ×チンで串刺しにされているみたいっ……」

　弥生は蕩けるような声を迸らせながら、大きく割り広げた左右の膝を両の手のひらでしっかりと摑んだ。彼女の体重が下腹部にのしかかるぶんだけ、さらに深々と飲み

込まれるみたいだ。

乳房を上下に弾ませながら、弥生は肉感的な下半身を前後に揺さぶった。ペニスを取り囲む肉襞はとろとろとしているのに、密着感が強いのはヴァギナの締まりがいいからだろうか。

もっとも草食系の浩之に、それぞれに異なる秘壺の具合を評価できるだけの経験などあろうはずがない。ただ、女の一番深い部分にペニスを包み込まれると、どんなに堪えようとしても悶え声が洩れてしまうのは確かなことだ。

「ああんっ、気持ちがよすぎて、ひっ……膝ががくがくしちゃうっ……」

辛抱しきれないというように、弥生は浩之の身体にもたれかかると、ラグの上に両膝をつき唇を重ねてきた。彼女にとっての口づけは、その場のノリや勢いでセックスをしているのではないと訴えているみたいだ。

蜜壺に深々と飲み込まれているのだ。悩ましげな呼吸を洩らす人妻の縦横無尽な腰の動きによって、ペニスをゆっくりとしごき立てられるのは、気持ちがイイに決まっていた。少しでも長くこの悦びを味わっていたいと、心の奥底から願ってしまう。

「あーんっ、いいわぁっ……。お願いがあるの。今夜は思いっきり激しくされたくてたまらない気分なの。ねえ、わかるでしょう？」

弥生は狂おしげに訴えた。熱に浮かされたような眼差しが絡みついてくる。

「お願いよぉ。今度は管理人さんに上になって欲しいのっ。わけがわからなくなるくらいに、思いっきり上からずんずん抜き差しをされたくてたまらないの。そのほうがいかにも激しくされちゃっているって感じでしょう……」

みっちりと重ねた唇をわずかにずらしながら熱っぽく囁くと、首を縦に振るまでは許さないというみたいに浩之の首に両手を回してきた。もう一度唇を重ねてくる。

ここまで女からあからさまに求められて応じないとしたら、牡としての本能や能力が欠落しているように思えてしまう。

浩之は下半身が深々と繋がったまま、弥生の腰のあたりを強く抱き寄せた。重ねた唇からんんっと狂おしげな声を洩らしながら、きつく重ね合わせた肢体を横向きにぐるりと反転させる。

これで、騎乗位から男性上位に切り替わった。弥生の両手は浩之の首筋に巻きついたままだ。

「ああーんっ……、挿入(はい)ったままだなんてぇ……」

ラグに横たわった弥生の口元から、羞恥と喜悦が入り混じった嬌声(きょうせい)が洩れる。

「おあっ、締めつけてくるぅっ……」

思いっきり深々と牡茎をねじり込んでいたので、体位が変わってもふたりの下腹部は繋がったままだ。かすかに身体を前後させるだけで、肉柱を取り囲む部分が微妙に変化する。

一番違うのは、ふたりの視線の高さだ。見あげるのと見おろすのでは明らかに違う。マウントとでもいうのだろうか。

手のひらに収まるような小動物でさえ、飼い主との関係構築を図る(はか)のに高い位置に昇って見おろしてくる。それは上から見おろすことによって、優位に立とうとするからだ。

正常位になったことで、主導権は浩之に移っていた。

「ああん、ねえ、お願いっ。もっと、もっと奥まで、奥まで欲しいのよぉっ」

弥生は髪の毛を振り乱した。うっすらと汗ばんだ首筋や頬にナチュラルブラウンの髪の毛が張りつく。しかし、彼女はそんなことは少しも気にとめていない。

ラグに背中を預けた弥生の熱視線が、浩之の目元に絡みついてくる。

「お願いっ、してっ、思いっきり、されたいの。頭がおかしくなるくらいにヘンになりたいの。感じたいの、感じさせて欲しいのぉっ……」

乱れる呼吸に合わせて、ふくらみきったシフォンケーキのような乳房が揺れる。見るからに柔らかそうな熟れ乳を突き出しながら、弥生は破廉恥なおねだりを口にした。

まるで駄々をこねる幼子のように、浩之の牡杭を咥え込んだまま下半身を揺さぶってみせるさまは、先ほどまでの年上の女然としていた姿とは別人みたいだ。

「弥生さんって呆れるくらいにエッチなんですね」

「ああんっ、そんなふうにからかわないで。焦らさないでよぉ」

弥生はもどかしげに下半身を振り動かした。

ぎゅっ、むぎゅっ……。美味しいものを頬張るように、ペニスを包み込んだ蜜肉がしなやかに締めつけてくる。

「あっ、いいっ……さっきとは別のところに当たってるぅっ……」

半開きの口元から艶っぽい声を洩らしながら、弥生は歓喜の声をあげた。

「はあっ、感じちゃう。ああんっ、もっともっと激しくしてぇっ……」

まるで抱え持ってくれとせがむみたいに、弥生は人妻らしい適度な脂が乗った太腿を自ら宙に浮かべた。

「ああん、お願いよぉっ……」

一度火が点いた女の身体は、そう簡単には鎮まることはないらしい。望まれるならば、それをかなえてやるのも男の務めのように思える。

浩之は下半身に力を漲らせると、魅惑的な曲線を見せる両の太腿の裏側を支えるように高々と持ちあげた。

それだけで蜜壺の締めつけが驚くほどに変化する。太腿を左右に割り広げると、赤みの強いピンク色の花びらのあわいにペニスが突き刺さっているのが丸見えになる。

「はあっ、ねえ、いっぱい、いっぱい突っ込んでえっ。オマ×コの中をめちゃめちゃにかき回してぇーっ」

弥生は牡を挑発するような言葉を口にした。日頃は楚々として見える人妻が口走るとは思えない卑猥すぎる四文字言葉に、ヴァギナに取り込まれた怒張がびゅくんと跳ねあがる。

「あっ、あたってるぅっ、そこっ、いいっ、そこっ、感じちゃうのぉっ……」

赤ん坊がオムツを取り換えられるような、あられもない姿の弥生は声を裏返らせた。年上の女を感じさせていると思うと、男としての自信が身体の奥深い部分から湧きあがってくるみたいだ。

浩之は太腿を掲げ持つ手に、力がこもるのを覚えた。両膝を軽く開き中腰になると、弥生が声を裏返らせた辺りに狙いを定めるようにペニスの先端でこすりあげる。

「ああんっ、そこよぉ……」

弥生の声がいっそう甲高くなる。

ぢゅぶっ、ぢゅるちゅっ……。腰をストロークさせるたびに、牡幹をしっかりと咥え込んだ花弁の合わせ目からとろっとろの甘蜜が滴り落ちてくる。

「いっ、いいーっ、オチ×チンでずこずこされるとヘンになっちゃうっ……」

広くはないワンルームの中に、淫らな息遣いが充満していく。ＢＧＭの代わりに、テレビをつけたままにしていたことが幸いに思えた。

「もっ、もっとぉ、激しくよっ。激しく真上から突っ込んできてぇーっ」

はしたないリクエストは際限がない。弥生は両手を太腿の裏側に伸ばすと、Ｆカップの乳房がひしゃげて見えるほどに密着させた。

肉欲に駆り立てられた妙齢の女の姿は、浩之にはあまりにも刺激が強すぎる。

「うぉあっ……」

獣じみた声をあげて、浩之は弥生の身体に覆い被さった。女壺の中は甘酸っぱい香りを放つ蜜で溢れ返っている。抜き差しをするたびに、わずかに白っぽく泡立った牝汁がじゅわじゅわと噴きこぼれてくる。

「ああん、いいっ、そこぉっ、そこがたまらないのぉっ……」

浩之が腰を前後させるリズムに合わせるように、弥生も熟れきったヒップをくねらせる。まるで一番感じる部分に当たるように微調整しているみたいだ。女の欲深さを感じずにはいられない。

「いいっ、たまんないっ、きてるぅっ……きてるのぉっ」

弥生は喉を絞るように切ない喘ぎを洩らす。あまり経験のない浩之にも、彼女にとって最高の瞬間が近付いてきていることがわかる。その証拠に太腿の付け根の辺りが小刻みに震えている。

「ああっ、いいわあっ、そのまま、そのまま一気にきてえーっ。オマ×コが壊れちゃうくらいに、思いっきりずこーんって突き立ててぇっ……」

おねだりの声に背中を押されるように、浩之は大きく深呼吸をした。きゅんきゅんと緩急をつけながらペニスを締めあげる蜜襞の感触が強烈すぎて、これ以上は持ちこたえられそうにない。

浩之は腰に力を漲らせた。体重をかけるように、充満した花蜜を滲ませる花びらのあわいに猛(たけ)りきった肉槍を深々と突き入れる。

牝壺の最奥で待ち受けている子宮口と亀頭ががつんとぶつかる。尖らせた唇のように突き出した子宮口と、鈴口がディープキスをしているみたいだ。

「あっ、ああーんっ……いいっ……すっ、すごいっ……くっ、くるっ、おっきいのが、くっ、くるぅっ……ああっ、きっ、きちゃうっ……ああっ、だめえっ……」

刹那の声を迸らせた瞬間、弥生は全身をびゅくんと大きく戦慄(わなな)かせた。浩之のペニスは深々と飲み込まれたままだ。絶頂を迎えたことによって、赤みを濃くした女の部分全体が妖しく波打っている。

肉柱をずっぽりと飲み込んだ蜜壺全体が、奥へ奥へと引きずり込むような不規則な収縮をみせる。それだけではない。大陰唇や蜜核、太腿の付け根の辺りまでがぴゅくぴゅくと震えていた。

「そっ、そんなに……そんなに締めつけられたら……！」

最後は満足に言葉にならない。堪えに堪えていた熱く煮えたぎった白濁液が、尿道の中をいっきに駆けあがってくる。

どっ、どくっ、どびゅっ、どっくんっ……。まるで乱暴に振った直後に栓を開けた炭酸水のボトルみたいに、精液が鈴口からすさまじい勢いで噴きあがった。

「あっ、あああっ、熱いのが……熱いのがぁ……」

女の深淵にかかる牡の欲望の液体の熱さに驚いたように、弥生は肢体を弓のようにしならせた。

我慢に我慢を重ねていただけに、二十代半ばの射精はそう簡単には収まらない。はじめはギターの速弾きのようにアップテンポで、次第にアレンジをたっぷりと利かせたジャズピアノのような乱れたリズムで打ちあがる。

「あーんっ、いっぱい、いっぱい出てきてるぅっ……オマ×コの中が精液だらけになっちゃうっ……！」

弥生は精液が蜜壺の中で、じわじわと広がっていく感覚に声を震わせた。

「んんっ……はあっ」

淫嚢の裏にある蟻の門渡りの辺りが甘く疼き、もう一滴も残っていないと訴える。浩之が呼吸を荒げながら、深々と埋め込んでいたペニスをずるりと引き抜くと、白っぽく泡立った男女の欲望が混ざった液体が滴り落ち、新緑の季節を思わせる青っぽい匂いが周囲に広がっていく。

弥生の太腿のあわいにはしたない液だまりができるほどに放出したというのに、浩之の肉柱は完全勃起状態の半分ほどの硬さを維持していた。

「ああんっ、若いって最高ね。ねえ、お代わりをおねだりしてもいい？」

考える余裕さえ、浩之に与えない。女の欲望に衝き動かされるように、弥生は媚びるように口元にうっすらと笑みを浮かべると、再びペニスにむしゃぶりついてきた。

この夜から浩之にとって薔薇色、いや桃色の日々がはじまった——。

第二章　カメラに悶える爆乳コスプレ妻

　弥生と淫らに貪りあった一夜から半月が過ぎていた。年下の男との情事がよほど新鮮だったのだろう。彼女はあのあとも、

「ちょっとオーディオの配線がわからなくて」

　などと理由をつけては、周囲の住人には気づかれないように浩之を部屋に呼び出している。

　室内のオーディオの配線などは、管理人の仕事の範疇（はんちゅう）ではないことは明白だ。それでも、呼び出されると部屋に赴（おもむ）いてしまうのは、Ｆカップの巨乳を露わにして誘いをかけてくる弥生の肢体が魅力的だからに他ならない。

　普段目にしているスーツ姿と部屋着とのギャップがあればあるほどに、男の心が、身体が熱くなってしまうのは仕方のないことだ。

　十五歳も年上の熟女系キャバクラのホステスに夫を寝取られたということもあって

か、弥生は性的なことには驚くほどに積極的になっていた。

ネットなどで知識を仕入れた愛撫の仕方や、少々アクロバティックと思えるような体位などを浩之に求めてくる。精液を搾り尽くすまでは解放してくれないので、十代からの習慣だったオナニーさえする気にならなくなっていた。

それだけではない。朝のゴミ出しのときに顔を合わせる武藤若葉のことも気にかかっていた。予備校の講師をしているという彼女は差出人が記されていない脅迫めいた手紙に怯え、ストーカーがいるのではないかと不安げにしていた。

ゴミ出しのときなどにさりげなく声をかけても、若葉は、

「ええ、ありがとうございます。大丈夫ですから……」

と言葉を濁すだけで、なんらかの進展があったかを伝えようとはしない。ただ、いつも周囲を気にするような素振りから、事態が好転しているようには思えなかった。

二十代半ばといえば、普通なら人生を謳歌している時期だろう。

伏し目がちな表情を見るたびに、抱き寄せたときに感じた華奢な肢体の温もりが鮮やかに蘇ってくるみたいだ。手のひらが覚えている乳房の感触を思い返すと、護ってやらなくてはいけないような気持ちに駆られてしまう。

マンションの管理人としての本来の業務とはかけ離れたことが、浩之の頭の中の大

半を占めていた。

もちろん、管理人としての業務もある。大半は管理人としての実務経験がない浩之の手には負えないことばかりなので、会社のメンテナンス部門か専門業者に回している。

賃貸契約では火災保険への加入は必須条件になっていて、付帯サービスとして二十四時間体制で鍵を紛失したなどのトラブルに対応してくれる場合も多い。

浩之が管理人を務めている物件も、付帯サービス付きの火災保険への加入を契約条件にしている。それでもマンションの一角に管理人が暮らしているということは、女性ばかりの入居者たちにとっては安心材料になっているのだろう。

そのためか設備の故障などのトラブルではなく、クレームに近いような連絡が入ることもある。たとえば生活音などの問題がそうだ。

生活スタイルによっては、深夜にシャワーを浴びたり頻繁にトイレを利用することもある。築年数が経過しているとはいえ、木造やモルタルのアパートではないので、音は響きにくい構造にはなっている。

それでも、音の感じかたは人それぞれだ。場合によっては耐えられないと不動産業者にクレームが入ることも少なくはない。特に多いのが、上の階から響く音が我慢できないと訴えてくるケースだ。

このところ毎日のように電話をかけてくるのは、一階に住んでいる三十三歳の野上香帆だ。

香帆の夫は生まれ育った街で飲食店を経営しているので、地元を離れるわけにはいかない。そのために勤務地などにはこだわらずにバリバリと働きたい彼女は、単身赴任という形でこのマンションで暮らしている。

香帆の話では、上の階の住人が毎晩十時すぎから飛んだり跳ねたりするような音を響かせたりするという。それだけではなく、まるでカラオケでもしているかのような歌声まで聞こえてくるというのだ。

賃貸物件の契約書にはほとんどの場合、生活音などには配慮するという条項が盛り込まれている。それを考えると、今回のケースは確かに改善を要求しなくてはならないケースに思える。

しかし、一番の問題は騒音が発生するという時間帯だ。それを確認しようにも会社の就業時間はとっくに終わっている。

そこで、困り果てた香帆は管理人である浩之に連絡を入れてきたのだ。徒労に終わるのは香帆と浩之にとっても虚しいだけなので、前もって騒音が響きはじめたら浩之が香帆の部屋を訪ねるという算段をつけておいた。

夜の十時すぎといえば、一番のんびりとしたい時間帯だ。そんな時間に呼び出されるのはかなわないが、管理人という名目で無料で住んでいることを考えれば無下にもできない。

木曜日の午後十時をすぎた頃、スマホの着信音が鳴った。電話の相手は香帆だった。

「すみません。さっきから例の音が響き出して。確認をしに来てもらえませんか？」

香帆の声はやや遠慮がちだった。思えば、電話では何度となく話をしてはいるが、実際に部屋を訪ねるのははじめてだ。

騒音を立てている主の元を訪ねることを考えて、会社の名刺入れをコットン素材のズボンのポケットに入れると、一階の端にある香帆の部屋を訪ねる。こんな時間なのでスーツではなく、部屋着姿だ。

「すみません、こんな時間にお呼びたてして」

生成りのチュニックブラウスにダークブラウンのロングスカート姿の香帆は、申し訳なさそうに頭をさげると浩之を部屋に招き入れた。

スリムな銀縁の眼鏡と、肩よりも短めに切り揃えた艶々（つやつや）としたボブヘア。単身赴任をしているというだけあって、きっと仕事もデキるタイプなのだろう。

少々近寄りがたい雰囲気を感じてしまう。シンプルなデザインの服が、スレンダーな肢体をいっそう強調している。

ロータイプの机の上にはノートタイプのパソコンが置かれていた。壁際には小型のテレビが設置されたオーディオラックと、シングルサイズのベッドが置かれていた。単身赴任ということで、必要最低限の生活用品だけを揃えているようだ。

「こんな感じなんですけれど……」

香帆は天井を見あげた。頭上からは確かに飛び跳ねるような音が響いてくる。まるで小さな子供が駆けずり回っているような賑やかさだ。

このマンションは独身女性専門なので、子供がいる入居者はいないはずだ。時計の針は、すでに午後十時半を回っている。

「ひどいときは、これが午前三時くらいまで続くんです。特に週末はうるさくて」

香帆はため息をついた。飲食店を営む夫を残して単身赴任で働いているので、忙しい日々を送っているのだろう。

寛（くつろ）げるはずの自宅がこのありさまだと思うと、頬のあたりがわずかにやつれて見える彼女のことが気の毒になってくる。本来ならば、日を改めて注意をすべきだが、香帆の身を案じると早急に対応しなくてはと思った。

「わかりました。一応、会社の備品の騒音計測器で計って、レコーダーで音も記録したので、上の階の入居者さんのところにいまから行ってきます」

「えっ、いまからですか？」

「本来は夜間は対応しないのですが、野上さんの顔色が優れないようなので。これでは寝不足にもなりますよね」

「あっ、ありがとうございます」

浩之の言葉に香帆はホッとしたように、口元を押さえた。その表情からこれまでの心労がうかがえる。

「では、いまから行ってきます。ただ、居留守というか出てこない場合は、明日以降の対応になることだけはご了承ください。少しお時間をいただければと思います」

「わかりました。本当にありがとうございます」

香帆は周囲を気にするように玄関を細めに開けたまま、浩之の姿を見送った。

さて、どうするか……。

寝不足からなのかやつれて見える香帆を前にして、あのように言ってはみたものの浩之にも自信がなかった。

だいたい、夜十時を回った時間に独身の女性の元をアポイントも取らずに訪問すること自体が、非常識なのはわかりきっている。それが管理人だとしてもだ。

階段をのぼると、香帆の真上の部屋の前に立つ。鉄の扉越しにもなにやら物音が聞こえてくる。まるで誰かと話しているような感じだ。

チャイムを鳴らしてみるが、反応はなかった。二度三度と鳴らしても、それは変わらない。しかし、明らかに人の気配を感じる。

逆に浩之はほんの少しだけ安堵した。いくら管理人だからとはいえ、こんな時間に訪ねて行ったとしたらトラブルになりかねない。香帆には気の毒だが、明日の夜に出直すことにした。


翌日、浩之は契約書に記されていた香帆の部屋の上階の入居者に電話をかけた。二階の住人は三十一歳の中野莉莎子(なかのりさこ)。

緊急連絡先を確認すると、夫の名前が記されていた。しかも、夫の住所を確認すると、このマンションから徒歩でも五分とかからない場所だ。

人妻なのに、わざわざ自宅のすぐそばにマンションを契約するっていうのは、やっぱりなにか事情があるんだろうか……。

疑問が矢継ぎ早に湧きあがってくる。なにせここは同僚いわく、訳アリのマンションなのだ。

しかし不思議に思えることもあった。夜中にあれだけ騒いでいれば、角部屋だとしても隣の部屋からも苦情が来そうなものだ。

訳アリのマンションだと教えてくれた先輩社員にそれとなく尋ねると、

「ああ、あの部屋の隣には飲食店の経営者が住んでるんだ。夕方から朝方まで営業している店だから、夜はほとんどいないんだよ。何回か行ったけれど、明朗会計で感じのイイ店だよ」

と教えてくれた。隣の部屋は夜は不在だったのだ。

それからも何度か、莉莎子のスマホに連絡を入れたものの、呼び出し音は鳴るが、留守番電話にすら切り替わらなかった。こうなると文書で騒音被害が出ている件を伝えなくてはいけないが、今後のことを考えると、できるだけ穏便に済ませたい。

ひとまず浩之は、騒音が響きはじめる前の午後九時ごろに、莉沙子の部屋を訪れることにした。

午後八時半を回った頃、浩之は階段をあがって莉莎子の部屋に向かうとチャイムを鳴らした。しかし、玄関が開く気配はなかった。少し時間を置いてチャイムを押しても、玄関はいっこうに開かない。

おかしなものだが、他人の家を訪ねたりする機会が多い仕事をしていると、不思議と勘働きがよくなるものだ。

ドアの向こう側にいる相手が気配を消していても、室内にいるのがわかることが少なくない。そこで、浩之はもう一度莉莎子の携帯に電話をかけた。

ルルルルルッ、トッルルルルゥッ……。独特の着信音が鉄製のドアの向こう側で鳴り響く。

「すみません。管理人の奥山です。ちょっとお話があるのですが、開けていただけますか？」

ドアの向こう側で、こちらのようすをうかがっているであろう莉莎子に呼びかける。ドアについているのぞき窓から確認したのだろう。ガチャッという鍵とチェーンを外す鈍い金属音が聞こえた後、ドアがゆっくりと開いた。

「えっ……」

現れた莉莎子の姿に、浩之は目を見開くと小さな驚きの声を洩らした。そこには、浩之がなんとなく思い描いていた人妻の姿とはまったく違う女だった。

胸元まで伸ばした緩やかなカールを描く金色の髪の毛は、その先端だけが目にも鮮やかなピンク色だった。以前見かけた彼女は茶髪だったのでウイッグなのだろう。

薄手の白いカーディガンは、浩之の姿を見て慌てて羽織ったのだと思われる。カーディガンの下に着けていたのは、目を見張るほどに巨大な乳房の谷間が露わになったナース服だ。

正確に言うならばナース服をイメージした、身体のラインがもろにわかる白い襟がついたレオタードやテディの類といったところだろうか。乳房の頂きや女丘はなんとか隠れているが、へそまで丸見えになっている。

胸元が大きく割れた衣装が左右にはだけないのは、下乳の辺りを細い紐で繋ぎ留めているからだ。

ナース服風だと直感したのは、乳首の辺りに赤い円に白抜きで十字マークが描かれていることと、近頃はほとんど見なくなったナースキャップを被っていたからだ。ナースキャップにもお揃いの十字のマークがついている。

さらに網タイツのような素材の白いガーターストッキングを穿いていた。室内なのに白いハイヒールまで履いているところに、彼女の気合いを感じてしまう。

こっ、これって……。

なにか言葉を発しようとしても、単語さえ思い浮かばない。まるで悪気もなく開けてしまった飲食店の手洗いで、女性が用を足しているのを目撃してしまったくらいの衝撃だ。

身体を委縮させる浩之を前にして、莉莎子は気まずそうな表情を浮かべた。

「管理人さんですよね。朝のゴミ出しのときに見かけたことがあります。玄関先では立ち話もできないから、部屋の中に入ってもらえますか。他人（ひと）には見られたくないんです」

浩之は外開きの玄関をあまり大きく開けないように気遣いながら、室内に入った。

そこはまるで別世界のようだった。

玄関に備えつけられた下駄箱の上には、入りきらないロングブーツなどが所狭しと並べられていた。そこに置ききらない靴は、さらにハンガーラックのようなものにかけられている。

「狭いけれど、とりあえず入って」

言われるままに、玄関先で靴を脱ぎ室内へと足を踏み入れた。壁にはずらりと衣服がかかっている。そのどれもこれもが、人妻が普通に着て出歩くようなものではないことは一目瞭然だ。

アニメなどには疎い浩之でさえわかるコスチュームもあるし、彼女がいままさに着けているような布地が圧倒的に少ないものも多い。

「こっ、これって……もしかして？」

「えっ、管理人さんってこういうのに興味があるんですか」

「いわゆるコスプレってやつですよね」

「そう、ここはコスプレの衣裳部屋なんです。さらにいうと、ネットの配信用に借りてるんです」

「ネットの配信用？」

「ご存知だとは思うんですけど、私、結婚してるんです。ただ、ネットの生配信って一番盛り上がるのが、午後十時すぎから午前二時くらいなんです。そうなると、旦那がいるとなかなか難しくて。盛りあげようとしてテンションをあげてたら、うるさくて寝られないって叱られちゃいました。それに人気がＤＶＤとかの売り上げに直結するから、結婚していることは秘密にしてるんです。男性だって、人妻よりも独身のほうが推したくなりますよね」

「ああ、それで……」

びっしりとかけられた衣装を見て、浩之はなんとなくだが納得できる気がした。

「もともとアニメや映画が好きで、それでコスプレをはじめるようになったんです。はじめは通販とかで買ったりもしていたけれど、だんだん物足りなくなってモード系の専門学校に通って、自作もできるようになったんです」

「それってすごいですね」

「本格的にコスプレイヤーとして活動するようになって、毎回のように撮影会に参加していた旦那と知り合ったんです。ものすごく熱烈にアタックしてくるし、オタク同士の会話も盛りあがるから一緒にいたら楽しいんじゃないかと思って。結婚したてのうちは、毎晩のように個人撮影会みたいになって……」

「なんだか、男としては羨ましいような気もしますね」

「でも、それも最初のうちだけで。男の人って見慣れると、だんだん興奮しなくなっちゃうのかしら……。だからだんだんと衣装も露出が多くて、きわどい感じに変わっていったんです」

最初は自慢げだった莉莎子の口調が少しずつ変化していく。

「わたしはコスプレや撮影を楽しみたいのに、旦那は家では静かにして欲しいって言うようになったんです。でも、やっぱり誰かに見て欲しくって。それで、このマンションを借りたんですけれど、お家賃や光熱費とかの支払いもあるから。それで、ネットの生配信をはじめたんです」

「家賃や光熱費はわかりますが、どうして生配信をすることにしたんですか？」

「好きなことをするのって、例えばコスプレを楽しむのにもいろいろとお金が必要なんです。衣装なんかも凝れば凝るほどお金がかかってしまって。生配信をすると、視聴者がアイテムなんかを投げてくれたりするんです」

「アイテム……ですか？」

「いろいろな言いかたがあるんですけれど、簡単にいうとイイなと感じてくれた視聴者がネットを介してお小遣いをくれるんです」

「へえ、ネット配信で大金を稼げるという話を聞いたことはありますが、そういう感じなんですか」

「大金とかそこまでは……。この部屋の家賃と光熱費を支払うのがやっとくらいです。SNSでイイネとか、高評価をもらえると嬉しいじゃないですか。それと同じなんです。みんなに見てもらえたり、高評価をしてもらえると、自分の存在価値を認めてもらえたみたいに思えるんです。こういう気持ちってわかりますか？」

「すみません。ぼくはネットとかに疎いもんで……」

「そっ、そうですよね。特に男の人にはわかりづらいですよね。わたしってコスプレイヤーだったから、衣装を含めて視聴者に見てもらえたり、高評価をもらえると嬉しくて、それでついついテンションがあがってしまって……」

「実はそのテンションのことなんですけれど、ちょっとあがりすぎるというか、他の入居者さんからクレームが入ってきているんです」

頃合いを見計らうように、浩之は本題を切り出した。

「あっ、そうですよね。わたしって興奮すると、自分でも自分を押さえられなくなっちゃうところがあって。実はたまたま生配信を見ていた旦那からも、周囲の迷惑にならないようにって注意をされたばかりだったんです」

「そうだったんですか」

浩之は少し拍子抜けした気がした。自分には絶対に非がない、騒音なんか出すわけがないと、食ってかかってくる入居者も少なくはないからだ。

目の前でしおらしい表情を浮かべている莉莎子は、胸元が大きく開いたナース風のレオタードを身に着けている。きっとこれから行う生配信のために衣装に着替え、長い金髪のウィッグを着けていたのだろう。

ただでさえ大きく見える瞳には、濃いめの紫色のカラーコンタクトを装着しているので、エキゾチックな雰囲気が漂う。

漆黒のアイラインが際立つメイクもかなり濃いめだ。おそらく顔見知り程度の知り合いが見たとしても、絶対にわからないだろう。人妻が大胆すぎるコスプレをしているので、これは変装を兼ねているのかも知れない。

彼女が瞬きをするたびに、ラインストーンが施されたつけ睫毛からばさばさという音が聞こえてくるみたいだ。

壁一面にかけられた衣装にばかりに目がいきがちだが、室内の中央には撮影用の三脚が何台も置かれていた。その中にはカメラがセッティングされているものもある。それだけではなく、テーブルの上には撮影や配信に必要だと思われる機材などが幾つも載せられている。部屋の隅には大ぶりのテレビも置かれていた。

テーブルの前には莉莎子の定位置だと思われる、ベルベットの黒いマルチカバーが掛けられた大ぶりなソファも設えられていた。この部屋にはベッドが見当たらない。彼女が言うとおり、衣装の保管と配信のためだけの部屋なのだろう。

莉莎子は三十一歳のはずだが、かなりきわどいナース風のコスチュームを身に着けていると、とても三十代には見えない。自分より年上の人妻が、こんな恰好をするはずがないという思い込みもあるだろう。

なにより衣装の胸元からのぞく乳房の張りと、素肌の瑞々しさはとても三十代とは思えなかった。実年齢を知らなければ、二十代前半だと言われても信じてしまいそうだ。

夫が公認で生配信をしていると聞くと、どんな内容なのかが気になってしまう。意識しないようにしても、ついつい視線が吸い寄せられる蠱惑的な乳房は、Ｆカップの弥生よりもはるかに量感がある。

身体に張りつくような素材のレオタードが描くＶラインと肉感的な太腿やふくらはぎを包む白いストッキングの間の素肌が眩しく思える。

コスプレ用のドレスとストッキングに包まれた足の間の素肌が垣間見える部分は、マニアからは絶対領域と呼ばれているらしい。これはアニメの聖地に足繁く通う、幼馴染みから聞いたことがある専門用語だ。

莉莎子のＶラインとストッキングの狭間の部分も、ある意味絶対領域みたいなものだろう。

暴力的にすら思えるほどにグラマラスな肢体を前にすると、まさかとは思っても異性を惑わすような卑猥な内容を配信しているのではと想像をかき立てられてしまう。

「生配信っておっしゃっていましたけれど、どんなことを配信しているんですか？」

「えっ、内容ですか……」

莉莎子は即座には答えなかった。考えあぐねるように、斜め左上へ視線をわずかに動かす。

「そうですね。基本はコスプレイヤーなんですけれど、それだけでは視聴者さんにはなかなかアピールできないから、ゲームの実況なんかもしています。ゲームを淡々としているだけだとウケないかなと思って、リアクションはわざと派手にするようにしています。あとはそのときどきの衣装に合わせて、地下アイドルのミニライブみたいなこともしています」

配信の内容を聞いて浩之は思い当たった。飛んだり跳ねたりしているように感じたのはゲームの実況をしたり、ミニライブで踊ったりしていたからだろう。

「こんなコスチュームを着ているので誤解されてしまうかも知れないけれど、アダルトサイトみたいに裸とかを配信するのは厳禁なんです。そんなことをしたら、即座にアカウントを削除されてしまうんです。まあ、コスチュームもギリギリなところを攻めている感じなんですけれど……」

莉莎子の言葉に浩之は胸を撫でおろした。卑猥な映像などをネットで配信しているとして、摘発（てきはつ）されたというニュースを耳にしたことがある。少なくとも厄介ごとに巻き込まれるのは御免（ごめん）だ。

「自分でも最近はなんだか迷走しているなって思ってるんです。本当にやりたいのはなんなのかが、わからなくなっちゃってて……」

エッチすぎるコスチューム姿の莉莎子は、視線をすぅーと彷徨(さまよ)わせた。部屋中にかけられた手の込んだ衣装の数々を見ても、コスプレ好きなのは間違いないだろう。

撮影会で出会い、熱心にアタックをしてきた相手と結婚したというのだから、承認欲求も人一倍強いに違いない。それだけに、どうしたら姿が見えない視聴者からより支持されるのか悩んでいるのだろう。

「ねえ、どう思います？」

「どうって言われても、ぼくはその手のことにはまったく疎(うと)いんです。例えば深夜にテレビを見るとしても、主人公が旅先や街中で旨そうな料理屋を見つけて、ひとり言のように呟きながら食事をするようなドラマばかりで」

「そんな番組があるんですか？」

「ええ、飲食店や酒場を巡る番組って人気があるのか、バラエティーやドラマでも、その手のものは結構多いんですよ。深夜の小腹が空いた時間帯に放送されることが多いので、視聴者からは『飯テロ』なんて呼ばれているみたいですよ」

「へえ、そんな番組があるんですね。わたしってアニメやコスプレひと筋だったせいか、普通のテレビ番組とかってあまり知らなくて……」

莉莎子は衣装で溢れ返った室内を見回しながら言った。確かに室内にあるのは、コスチュームや撮影や配信などに使うであろう機材などばかりだ。

「これでも、自分なりに一生懸命に考えて頑張っているつもりなんです。この部屋を維持するのにもお金だってかかるし。でも、最近はどうしたらいいのかわからなくて。それに……旦那は付き合うまでは、周囲がドン引きするくらいに熱心に口説いてきたんです。それなのに結婚してしばらくしたら、わたしに興味がなくなっちゃったみたいな気がするんです」

「興味がなくなったっていうのは……？」

「以前はコスプレをすると、大喜びでカメラのファインダーをのぞき込んでいたし、その後はダメだっていうのに衣装のままで……」

牡の好奇心をそそるような言葉を言いかけて、莉莎子は気まずそうに口をつぐんだ。

「ええと……あの……管理人さんにこんなことを聞いてもいいのか、わからないんですけれど？」

「えっ、どんなことですか」

「わたしって、そんなに魅力がないですか？」

莉莎子は日頃抱えていた悩みを口にした。モンローみたいにぽってりとした唇は、鮮血のように赤いルージュで彩られている。

「いや、そんなことないと思いますよ。本音を言えば、いまの衣装だって露出が激しすぎて目のやり場に困ってるくらいです」

「ほっ、本当にそんなふうに思ってくれますか。わあっ、嬉しいっ……。旦那との家にも、ネットの生配信の世界にも、わたしの居場所なんかどこにもないみたいに思えて……」

莉莎子は声を弾ませた。明らかに声のトーンが変化している。

コスプレなどには興味がなかった浩之だが、淫靡すぎる空気をまとう莉莎子の姿を目の当たりにすると、カメラを片手に少しでも前に陣取ろうと群がる男たちの心理が少しだけ理解できるような気がした。

「いまのわたしにとっての居場所は、お気に入りの衣装や靴に囲まれたこの部屋だけなんです。だっ、だからお願いします。今後は気をつけるようにしますから、このマンションから追い出したりはしないでくださいっ」

聞いている浩之の胸が締めつけられるような声で、莉莎子は懇願した。

「いや、クレームが入ったからって、すぐに退去をお願いするようなことはありませんから大丈夫ですよ。ただ、今後は音が響かないように注意をしてもらうとか、音が響かないような対策をしてもらうことは必要になるかも知れませんが」

「ほっ、本当ですか。この部屋から追い出されたら、どうしたらいいのか……」

莉莎子は安堵の吐息を洩らした。何の前触れもなく、マンションの管理人が訪ねてきたのだ。前の晩にも部屋のチャイムを鳴らしたが、生配信中だったためにあえて居留守を使ったのだろう。

今日も似たような感じだろう。見慣れない電話番号から着信があったとしても放置するのは不自然ではないし、もともと留守番電話に切り替わるような設定にはしていないのだろう。

いきなり管理人が訪ねてくるというのは、よほどの事情があると思うに違いない。それも騒音に関してのクレームだとすれば、強制退去という単語が頭に浮かぶのも無理もなかった。

ビスクドールを思わせるような目元を強調したメイクを施した莉莎子の頬は、ほのかに青白く思えた。すぐに退去させるようなことはないという言葉を耳にした途端(とたん)、少しずつ血の気が戻っていくみたいだ。

「本当にどうしたらいいのかしら……」

莉莎子は思案に暮れたように呟いた。それは迷走している生配信に対するものなのか、自分に興味を示さなくなったという夫に対するものなのかはわからない。

「人間っていうか、特に男っていうのは我が儘なものなんですよ。例えば、子供の頃にどうしても欲しいプラモデルがあったとしますよね。欲しくて欲しくて、毎日のようにおもちゃ屋の前で眺めたりし続けても、結局は買ってもらえなくて。大人になってから、思い入れのある品とコレクター向けの店やネットで再会したとしますよね。手に入るまでは、ものすごくうきうきわくわくするんです。でも手にした途端、急に満足しきってしまうというか、熱が冷めて部屋の隅に飾りっぱなしになったりしがちなんです。本当に男というのは自分勝手というか……」

「えっ、それって……」

莉莎子の瞳に憂いを含んだ色が広がる。紫色の瞳がいっそう人形のように、生身の人間とはかけ離れた色を帯びるみたいだ。

あっ、これって……。

言葉にしてしまった後で、浩之は自責の念に駆られた。男の心理を説明したつもりだったが、金や手間をかければ手に入るコレクターズアイテムと、生身の女を一緒に扱ってしまったことに気づいたがもう遅い。

莉莎子は考えあぐねるみたいに、長い金色の髪の毛を指先にくるりと絡ませた。

「男の人にとっては、手に入れるまでが楽しいってことだったのかしら。そんなふうに言われると、思い当たらない気もしないわ」

「いや、そんなつもりで言ったんじゃないんです。どうか気を悪くしないでください」

「いいんです。思えば、旦那からも似たような台詞を言われたような気がします。身近な存在になりすぎて、エッチの対象には思えなくなったって……。女って身近な存在になればなるほど、相手のことを大切に思うのに、男の人は違うのかしら。だったら、結婚なんてしなければよかったわ」

莉莎子は自嘲的な言葉を口にした。

「そういうのって、釣った魚には餌はやらないって言うんでしたっけ」

「いや、ぜんぶの男がそんなタイプではないと思いますよ」

「だったら、管理人さんはどんなタイプなのかしら？」

「どんなタイプって聞かれても……。ぼくは見てのとおりのタイプですよ。口が上手いわけでもないし、イケメンとはほど遠いですし……」

「あら、すべての女がイケメンが好きってわけでもないんですよ」

莉莎子はわずかに前傾姿勢になると、意味深に囁いた。

「これでも、撮影会では結構人気があったんです。巨乳とか爆乳キャラのコスプレのときには、取り巻きが二重三重に輪を作るくらいに推されていたんです。あーあぁ、本当に結婚なんてするんじゃなかったわ」

大きく左右にわかれた胸元からは、肩が凝らないのかと心配になるようなふたつのふくらみがのぞいている。

「ふふっ、管理人さんったら、さっきからずっとわたしのおっぱいの辺りをちらちらと見ているんですね」

「あっ、いや、その……」

痛いところを突かれて、浩之は慌てて視線を泳がせた。確かについつい視線を引き寄せられてしまうのは確かだ。

「管理人さんっておっぱい派なのかしら？　それともお尻派なのかしら？」

「えっ、そっ、それは……」

男にとってはこんもりと隆起した乳房のふくらみも、桃のようにむっちりとしたヒップも両方魅力的に決まっている。ただ、どちらかを選べと言われたときに乳房の谷間に顔を埋めたいとか、尻を撫で回したいとかという程度の違いだと思っている。

もっといえば、もちもちとした太腿に首を挟まれてみたいとか、つま先を舐め回したいとかというタイプもいるらしい。それはもはや個人的すぎる性的な嗜好（しこう）、いわゆるフェチというやつだろう。

「それとも実際に見ないと、決められないかしら？　先に言っておくけど、整形(つくりもの)ではないわよ。大きさや形を保つのだって、バストアップ体操をしたりと大変なんだから」

アイラインとつけまつげで強調された、莉莎子の視線がまとわりついてくる。彼女は視線を絡みつかせたまま、大きく開いた胸元を隠す薄衣に左右の指先をかけた。

大きすぎる乳房によって左右にはだけないように、コスチュームの下乳の辺りには左右を繋ぎ留める細い紐が縫いつけられている。

うっすらと上気した素肌と、濡れたような輝きを放つ白いコスチュームのコントラストが色っぽさを倍増させていた。

莉莎子は身体をくねらせながら、両腕を胸元で交差させて胸の谷間をいっそう強調した。布面積が極めて小さい胸元から、いまにも乳首が顔をちらりとのぞかせそうだ。

「あはっ、管理人さんったら、やっぱりおっぱい派なのかしらぁ……」

莉莎子は真っ赤な口紅で彩られた両の口角をきゅっとあげて、艶やかに笑ってみせる。撮影されることに慣れているだけあって、牡の本能を煽り立てるような表情の作り方が絶妙で見惚れてしまう。

莉莎子がなりきっているエッチなナースに麻酔でも打たれたかのように、身体の自由が利かなくなるみたいだ。いまの浩之にできるのは、小悪魔のような笑みを浮かべる莉莎子の姿に熱い眼差しを注ぐことだけだ。

「なんだか、ふたりっきりの撮影会みたいね。もっとも旦那以外とは、こんなことをしたことは一度もなかったんだけれど。釣った魚に餌をやらないって、すごい言葉よね。でも、いまは蓄養っていって海に巨大な生け簀を作って、マグロみたいな高級魚を育てたりするんですって。だったら、生け簀の中でいろんなことが起きたって不思議ではないわよね」

莉莎子はさらに前傾姿勢になって、胸の谷間をひけらかしてくる。

「生け簀の中の魚だって恋愛や交尾くらいはできるかも知れないし、頑張れば生け簀の網を破って、大海原に逃げることだってできるかも知れないわ」

莉莎子は浩之から視線を逸らすことなく、緩やかなウェーブを描く金色のウイッグを可愛らしく揺さぶってみせた。

「もしかして、管理人さんって真面目なタイプなのかしら？」

「あっ、いや……そういうわけでは……」

浩之は言いよどんだ。弥生との関係を考えれば、真面目なタイプだとは言いきれそうもない。しかし、女の弱みにつけ込んで強引に関係を迫るような、卑怯なことをしたこともない。

いかんせん、自他ともに認める草食系男子なのだ。女の側から積極的に迫ってこられたとしたら、相手に恥をかかせないためにも誘いに乗る。

それは男としての礼儀みたいなものだし、その上で肉体を含めてフィーリングが合えば再び肌を重ねることだってある。男と女とはそういうものだと思っている。ましてや浩之は独身だし、いまのところは付き合っている彼女がいるわけでもない。

卑猥すぎるナース風の衣装をまとっているとはいえ、実際の年齢は莉莎子のほうが六歳も年上のはずだ。それなのに、魅惑的な素肌を見せつける莉莎子はどう見ても年下にしか見えない。それが浩之を頭の中を混乱させる。

「逆に、そういう真面目なタイプって新鮮かも……」

莉莎子はばさばさと音を立てそうなつけ睫毛(まつげ)を、ゆっくりと上下させた。少なく見積もってもGカップはありそうな乳房は、無理に寄せたりあげたりしなくても、胸の中央に向かってむぎゅっと仲よく寄り添っている。

お義理程度に乳房を包んでいるコスチュームに役割があるとすれば、ボリューム感に満ち溢れた乳房の先端をようやっと隠していることだけだろう。

「そういうエッチな視線を浴びると、興奮しちゃうっ」

莉莎子は喉元をしならせると、牡の視線を楽しむように左右に大きく割れた胸元の布地に指先をかけた。

「見られていると思うだけで、身体が火照ってきちゃうっ……」

いまにもコスチュームからこぼれ落ちてきそうな双子のような乳房に、浩之の視線は釘づけになっていた。

コスプレイヤーとして男の視線を一身に集めてきただけあって、なにげない佇まいや女の曲線を見せつけるポーズのひとつひとつが実にさまになっている。

さらに視線を逸らすことさえできずにいる目の前の獲物に向かって、とろっとした眼差しと台詞を投げかけてくる。ますます身体が岩のように硬くなるみたいだ。いや一番硬くなっているのは、牡の身体の中心部分だろう。

「ねえ、見てえっ……」

牡の脳髄を揺さぶるようなしっとりとした声をあげると、莉莎子は胸元を大きくのけ反らした。左右に大きくわかれたコスチュームの胸元に人差し指と中指をかけ、細紐だけで留まっている胸元から両の乳房を少し強引な感じで引きずり出す。

ぶるるるんっ……。

「とろける」とか「とろとろ」という表現で販売されている、くちどけのよさと柔らかさを謳い文句にしたプリンを思わせる乳房がこぼれ落ちてくる。

重たげに揺れるカスタードクリームのような色合いの乳房の頂きには、やや薄めのキャラメルソースがふわりとかかっている。

乳房が大きいこともあって、乳暈(にゅううん)は直径五センチ以上はありそうだ。ゆっさゆさと揺れる爆乳は、まるで海外のセクシー系の雑誌のグラビアみたいだ。乳房とつぅんと突き出した乳首のコントラストが鮮やかすぎて、思わず喉元が上下してしまう。

「ねえ、女がここまでしてるのよ」

莉莎子は肉感的な肢体をくねらせると、右の手のひらで右の乳房を支え持った。明らかに牡の視線を意識した挑発的な仕草だ。

「おっぱいがこのぐらいに大きいと、こんなことだってできちゃうんだからぁ……」

鼻にかかった声を洩らすと、莉莎子はコスチュームから完全にこぼれ落ちた右の乳房を右手でたくしあげるように持ちあげた。真っ赤な唇から伸びたピンク色の舌先を見せびらかすように、左右に揺さぶってみせる。

ちゅぷっ、ちゅるうっ……。

淡いキャラメル色の乳首に舌先をゆるりと巻きつけると、わざと派手な音を立てながら吸いしゃぶる。

牡の下腹部を直撃する破廉恥すぎるポーズに、コットン生地のズボンの中に隠れているペニスがひゅくっと反応してしまう。

「どう……こういうのってすごくエッチな感じがしない？」

言うなり、莉莎子は今度は同じように左側の乳房も持ちあげ、その先端に口元を寄せた。真っ赤な唇から伸びた舌先で刺激したことによって、キャラメルソースの色の乳首は色味を増し、物欲しげにいっそう尖り立つ。

これは絶対にCカップやDカップの乳房の持ち主にはできない芸当だ。少なくとも、FカップやGカップ以上の巨乳や爆乳でなくてはできないことだ。

キャラメル色の乳輪が深紅の口紅によって、うっすらと赤みを帯びる。まるで乳輪にキスマークがついているみたいだ。

「あっ、ぅわぁっ……」

視覚による刺激が強烈すぎる。浩之は身体が少しずつ前のめりになるのを感じた。

完全に乳房が剝き出しになっているというのに、莉莎子はコスチュームを脱ごうとはしなかった。それどころか、ひけらかすように胸元をわずかにのけ反らせている。

優美なラインを描く恥丘はコスチュームによって覆い隠されているのに、女としての象徴（シンボル）とも思えるふたつのふくらみを隠そうともしない。それが卑猥さを増幅させている。

「美味しそうに見えない？　それとも、管理人さんはおっぱい派に見えて、意外とお尻派なのかしら？」

言うなり、莉莎子は背中を向けると羽織っていたカーディガンを肩からゆっくりと引きおろした。その仕草はまるで舞台の上で華麗なポーズを取る女優のようだ。

「そうよね、男の人にはおっぱい派と、お尻派がいるんだったわね」

男の下心を見透かすように囁くと、莉莎子は見せつけるように女体をくねらせた。乳房や女丘をようやく隠せる程度しか布面積がないコスチュームは、背中側もさらに布面積が少なかった。

少ないというよりは、ほとんどないといってもいいほどだ。上半身を留めているのは白い襟と細紐だけで、下半身は最大幅が三センチほどのTバックスタイルだ。

彼女はガータータイプの白い網タイツを穿いていた。足元にはプラットホームと呼ばれる厚底の白いハイヒールを履いている。

下半身を包むショートパンツやスカートと膝上丈のストッキングの間は、絶対領域と呼ばれる部分だ。

ほとんどヒップが剝き出しになっていることによって、絶対領域と呼ばれる部分がさらに広がる。なにが絶対なのかは、浩之にわかるはずがない。

ただ、網タイツと白磁のような素肌の境界線の間には、触れてはいけないような秘密めいた香りが漂っていることだけは確かだ。

「じゃあ、こういうのは？」

牡の好奇心を煽るように囁くと、莉莎子はソファの座面に左手をつくようにして、下半身を高々と突き出した。足元に厚底のハイヒールを履いていることで、むちむちとしながらも形のよい足がいっそう長く見える。

「ああっ……」

浩之の目の前に曝け出されたのは、Gカップの乳房にもひけを取らないほどにむっちりと張りだしたまろみのある臀部だった。その割れ目に、Tバック状のショーツ部分ががっちりと食い込んでいる。

「見られていると思うと、すっごく興奮しちゃうっ」

莉莎子は尻を突き出しながら、セクシーな視線を投げかけてくる。緩やかな円を描くように右へ左へとヒップをくねらせるさまは、まるでベリーダンスやポールダンスを舞っているみたいだ。

「ねえ、おっぱいとお尻だったら、どっちが管理人さんの好みかしら？　それとも、こんなにエッチな姿を見ても興奮しない？　だったとしたら、コスプレイヤーどころか、女としても自信をなくしちゃいそうだわ」

莉莎子は拗ねたような声を洩らした。

「そんな……魅力的じゃないなんてありえません。だけど、こんなときに言うことではないと思うんですけれど、今夜の生配信はどうするんですか？」

「ああ、それね。なんだか今日は生配信をするようなテンションじゃなくなっちゃったの。だって、私自身がノッていないんですもの。視聴者さんが楽しめるような配信なんかできっこないもの」

開き直るようなに莉莎子は言った。確かに彼女の言うとおりだ。本人が楽しんでいないものを、他人が楽しめるはずもない。

「だから、今日は別の楽しみかたをしたいわ。電源が入っていないとはいえ、こんなに撮影や配信用の機材があるのよ。それだけで興奮しちゃうと思わない？　見られてるかもとか、撮影されているかもって想像するだけで、身体がじんじん、ずきずきしちゃうのよ」

莉莎子が声をうわずらせる。

「いや、でも……」

「もう、野暮なことは言いっこなしにしましょう。それとも、わたしのお尻って触ってみたいと思えないほど魅力がないかしら？」

「そっ、それは……」

触りたくないはずがない。こんなにも性的な魅力をアピールする肢体を前にして、冷静でいられる男なんか滅多にいるはずがない。ましてや、素知らぬ顔を装えるほど女性経験が豊富なわけでもない。

「ねえ、早くぅっ……」

莉莎子は焦れったそうに囁くと、Tバックがめり込んだ豊尻を揺さぶってみせる。

ぶちんっ……。浩之の胸の中でなにかが爆ぜるような音がした。

「こっ、このことは……」

管理人としての理性をねじ伏せるように、浩之が言い訳がましい言葉を口にすると、

「当たり前よぉ。わたしだって人妻なのよ。これはふたりだけのヒ・ミ・ツ」

と、莉莎子はわかっているわとばかりに熟れた尻をさらに突き出した。

浩之はソファに手をついて前傾姿勢になった莉莎子の肢体に、背後から覆い被さるように中腰になった。Tバックのせいで割れ目が強調されたヒップに、両の手のひら

を張りつかせる。

「ああ、むっちりとしてて柔らかい……」

思わず感嘆の声が洩れてしまう。浩之は両の手のひらが熱くなるのを覚えた。完熟した桃を扱うみたいに繊細に撫で回すと、莉莎子ははぁーんという甘えた声をあげながら、もっとねだるみたいに尻を振り動かす。

「あーんっ、エッチなことをしているところを、みんなに見られてるみたいぃ……」

「莉莎子さん、それは……」

「冗談よぉ。機材には電源は入れていないもの。でも、想像するだけで興奮しちゃうっ……」

破廉恥な妄想に体温がわずかにあがっているのだろうか。莉莎子の身体からほのかに甘い香りが立ちのぼる。

それは南国のフルーツを思わせる香りで、人妻になってもコスプレをすれば二十代前半で通ってしまうような若々しさを漂わせる彼女にマッチしている。

甘酸っぱい果物の香りの中に趣きが異なる香りも感じる。それは牝が昂ぶったときに発する特有のものだ。フェロモンの香りに挑発されるように、ズボンの中身がぎちぎちに凝り固まるのを感じる。

「はっ、ああっ、莉莎子さんっ」

「ああん、いいっ、こんなふうにされると、ものすっごくいやらしい気持ちになっちゃうっ。あーんっ、アソコが熱くなっちゃうっ」

莉莎子が腰をうねらせるたびに、ただでさえ食い込んでいた細いショーツ部分が桃割れにめり込んでいく。浩之自身はどちらかといえば、尻よりもおっぱい派だと思っていた。

それなのに、まるでショーツをぎゅっと食いしばるような割れ目を目の当たりにすると、鼻先を寄せ蠱惑的な性臭を吸い込みたくてたまらなくなる。尻フェチと呼ばれる男の心情がなんとなく理解できるような気がした。

浩之は尻の割れ目に埋もれかけたショーツに鼻を寄せると、はしたない匂いを胸の底いっぱいに吸い込んだ。鼻先を尻の間に潜り込ませたまま、尻から太腿へと続くまろやかな曲線を描くラインをゆるゆると撫で回す。

素肌はすべすべなのに、白い網タイツに包まれた太腿は、ネットの隙間から柔らかい肉がわずかにはみ出している。それがとても生々しい。

肌の質感を確かめ味わうように、じっくりと手のひらを這わせると莉莎子の喘ぎ声が艶っぽさを増していくみたいだ。

「すっごいスケベな匂いがします」

「ああーんっ、だってえ……。こんなふうに撫で回されるのって久しぶりなんだもの。触られてるだけでぞくぞくして、身体中がヘンになっちゃいそうっ……」

莉莎子はもどかしげに身体をくねらせて、背後からヒップを愛撫する浩之のほうを振り返った。剝き出しになった乳房が牡を誘うみたいに揺れている。

コスチュームもストッキングも着けたままなのに、露わになった乳房や尻にショーツ部分が食い込んでいるせいで、真っ裸よりもはるかにいやらしく見える。

浩之はヒップに顔を埋めたまま、コスチュームからこぼれ落ちた乳房を両手で鷲摑みにすると荒々しくまさぐった。程よい弾力を持った乳房はまるで巨大な肉まんみたいで、指先をむぎゅむぎゅと押し返してくる。

「はあ、Tバックが食い込んでるぅっ……」

莉莎子はショーツ越しに、浩之の鼻先の感触を楽しむかのようにヒップを揺さぶった。これでは鼻先で秘唇をこすりあげているみたいだ。ショーツのクロッチ部分の向こう側に溜まっていた、濃厚な牝蜜がじゅわりと滲み出してくる。

潤いきったショーツ越しでの愛撫を楽しむように、莉莎子は尻を妖しくくねらせた。メイクやコスチュームも相まって、見た目は二十代前半でも通りそうなのに、その中身は完全に熟しきっている。

「莉莎子さんのオマ×コ汁で、鼻どころか顔中がびちゃびちゃになりそうですよ」

「あーんっ、そんな恥ずかしぃぃっ……」

莉莎子は羞恥を口にしながらも、クロッチ部分を鼻先にぐりぐりと押しつけてくる。淫らな悦びを味わいたくてたまらないみたいだ。

「本当はこんなもんじゃや、物足りないんじゃないんですか」

浩之はわざとシニカルな言いかたをした。

「あんっ、こんなものって……」

莉莎子がしどけなく肢体を揺さぶる。まるで巨大なふたつのゴムマリに顔を挟まれているみたいだ。

太腿の付け根の辺りから漂う淫靡な香りがますます強くなる。ぐっちょりと濡れた股布は、まるで温水プールからあがったばかりのような水気を孕んでいる。

中腰になっていた浩之は両足を踏ん張ると、尻の割れ目からゆっくりと顔を離した。食い込みすぎたクロッチ部分を右手の人差し指の先でゆっくりと上下になぞりながら、きゅっとくびれたウエストのあたりを左手でさわさわと撫で回す。

二枚重ねになっている薄衣の上からでも、きゅんとすぼまった愛らしいアヌスと、縦に切れ込んだ女陰の形がはっきりとわかる。最大幅が三センチ程度しかないので、大陰唇はほとんど丸見え状態だ。

「はあっ、そんなふうにされたら……」

鼻にかかった声は、まるでエッチなおねだりをしているみたいだ。浩之は牝蜜でぬるぬるになっているクロッチ部分に左手の指先を引っかけると、ゆっくりと左側に寄せた。

お義理程度の布切れで隠されていた部分があからさまになる感覚に、莉莎子は、

「ああんっ、見られちゃうっ……」

となまめかしい声を迸らせた。

剝き出しになった恥ずかしい部分は、縮れ毛が剃られてつるつるになっていた。大陰唇だけではなく、ちゅんと放射線状に盛りあがっているアヌスの周囲もだ。おそらくは自身で剃ったのだろう。二、三本剃り残した毛がある。

あるべきところに草むらがないせいで、ぬるついた大陰唇の色合いが生々しく見える。まるで濃いめのピンク色のグロスでも塗っているみたいだ。

「へえっ、莉莎子さんって爆乳のくせに、アソコは赤ちゃんみたいにつるつるなんですね」

「やぁん、だってぇ、コスチュームを着たらはみ出しちゃうから……」

莉莎子は突き出したヒップを恥ずかしそうに揺さぶった。やや大きめの花びらの上では、彼女の息遣いに合わせるみたいに菊皺がかすかにヒクついている。

「本当にいやらしい格好ですよね」

人妻の心を揺さぶるように囁くと、浩之は甘蜜を滲ませる花弁を指先でくちゅくちゅと悪戯した。赤みの強い花びらが指先に絡みついてくる。

ちゅるぷっ、ちゅくっ……。指先にほんの少し力を入れただけで、潤いきった女壺が人差し指を嬉しそうに飲み込んでいく。差し入れた指の太さと比例するみたいに、蜜で溢れ返った膣内から愛液がとろっ、とろりと溢れ出してくる。

「あんっ、いいっ」

歓喜の声をあげると、莉莎子は量感に満ち溢れたヒップをさらに突き出した。キスをせがむときの唇みたいにちゅんとすぼまった菊の蕾がきゅっ、きゅっと蠢くたびにねっとりとした膣壁が指先を締めあげる。

「はあっ、もっと……もっと大きくて硬いのが欲しくなっちゃうっ……」

指先に絡みつく蠱惑的な感触がたまらない。背筋がのけ反るような甘ったるい感覚が、指の先から身体中に広がっていくみたいだ。浩之は鼻から荒い息を洩らすと、わざと卑猥な音があがるように少し乱暴なタッチで蜜壺をかき回した。

「あーんっ、ああっ、いいっ、だっ、だけど……」

莉莎子が指先を咥え込んだヒップを狂おしげに振りたくる。

「だけど？」

「意地悪ね、わかってるくせにぃ、お指もいいけれど……もっと、もっと太いのが欲しくなっちゃうぅっ……」

「太いのって？」

「はぁん、わかってるくせにっ、わかってるくせにぃ、オチ×ポよ、オチ×ポが欲しいのぉっ……」

わざと意地の悪い問いを繰り返す浩之に焦れたように、莉莎子は人妻とは思えない単語を口にした。オチ×チンではない、オチ×ポという下品な言いかたが浩之の劣情を煽り立てる。

「莉莎子さんって、マヂでヤバいくらいにドスケベなんですね」

くぐもった声で囁くと、浩之は右手の人差し指を秘唇に突き立てたまま、左手で穿いているコットン生地のズボンの前ボタンを外した。左手だけではファスナーをおろすのももどかしい気がするが、右手はまだ引き抜きたくなかった。

逸る気持ちを抑えながら、尻を左右に振ってズボンとトランクスをひとまとめにしてずりおろし、膝下までさげると両足をすり合わせるようにして脱ぎ捨てる。

乱れる牡の息遣いを感じているのだろう。莉莎子は悩ましい喘ぎ声を洩らしながら、熱い視線を送ってくる。ややとろみを帯びた眼差しに、剝き出しになったペニスがびゅくんと跳ねあがる。

「ああんっ、早くぅっ」

急かすように、莉莎子は人差し指を付け根まで飲み込んだ桃尻をくねらせた。ナースというと清楚なイメージなのに、目の前にいる布面積がほとんどないコスチュームを身につけた彼女の姿は破廉恥そのものだ。

「焦らさないでよぉ……」

ご飯を前にしてお預けを喰らった子猫みたいに、莉莎子はちょっと拗ねたような声で懸命に抗議した。そのさまがますます牡の本能的な部分を刺激する。触れられてもないというのに、肉柱の先端からはぬめ光る粘液が噴きこぼれている。

フェラもクンニもしていないが、視覚や手のひらに感じる刺激だけで、お互いに完全に準備は整っている。むしろ身体の芯で貪る快感以外は無用にさえ思えてしまう。限りなく裸に近いが全裸ではないというシチュエーションは、それほどに扇情的だ。

「ねぇ、んんっ、オチ×ポォッ、オチ×ポ、ちょうだいっ……」

莉莎子ははしたない四文字を執拗に繰り返す。まるで、その単語にヤリたい盛りの男がどれほど興奮するのかわかっているみたいだ。

浩之は唸り声をあげると、根元まで埋め込んでいた指先をずるりと引き抜くなり、豊満なヒップを両手で鷲摑みにした。このままでは見ているだけで危うく暴発してしまいそうだ。

ぢゅぷっ、ずぶりっ……。

中腰になった浩之が、背後から火照ったように熱を帯びる花びらのあわいに、欲望の液体を滲ませる亀頭を押しつけると、まるで待っていましたとばかりにやすやすと飲み込んでいく。

「はっ、はや……くぅぅーっ……」

莉莎子が口にしかけていた懇願の台詞が、一瞬にして蕩けるような悶え声に変化する。

「んんんっ、あぁぁん、やっぱりお指よりイイッ……はあっ、オチ×ポが突き刺さってるぅっ……」

「まっ、マヂでそんなことをいうと……」

思わずヤバいです、と情けない言葉を口走ってしまいそうになる。柑橘類を思わせるような弧を描くむっちりとしたヒップの中は、フェロモンたっぷりのジュースがたっぷりと詰まっていた。

ソファに手をついた莉莎子は背中を弓のようにしならせると、浩之が腰を前後に振り動かす前にヒップをぐうっと押しつけてきた。よほど逞しいものに飢えていたのか、猛りきった男根を咥え込むなり、ぎゅうっ、ぎゅうっと締めつけくる。

「はあっ、いいっ、後ろからこんな格好でなんてぇ……」

莉莎子の尻にクロッチ部分を横にずらしたコスチュームがめり込んでいるのがなんとも卑猥だ。ソファに前かがみの上半身を委ねた莉莎子の牝壺に、中腰になった浩之が背後から抜き差しするという少し不安定な体位なので、知らず知らずのうちに尻を鷲掴みにした指先に力が入ってしまう。

「あーん、思いっきり後ろからしてぇっ……」

莉莎子も円を描くように尻をくねらせて、浩之が突き入れるリズムを味わっている。

「はあっ、もっともっと思いっきり突いてぇ……オチ×ポ大好きなの。ああん、カメラがぁ……。こんなところを誰かに見られてるみたい」

「くうっ、そんな……そんなふうに言われると……ぼくも……ヤバいっ……」

室内に設置されたカメラのレンズを意識すると、まるでこのシーンを撮影され生中継されているような気持ちになってしまう。こんなところが生配信されたら炎上どころでは済まないだろう。そう思うと、さらに全身が熱くなるみたいだ。競うように下半身をぶつけ合うたびに、濡れまみれた結合部分がいやらしい音を奏でる。

「あーんっ、キスッ、キスしてえーっ……」

背筋をぎゅんとのけ反らせて唇を突き出す莉莎子のリクエストに応えるように、浩之は唇を重ねた。半開きの口元からこぼれる熱い息遣い。ぬるついた舌先同士をねっとりと絡め合い、唾液を音を立てながらすすりあげる。

足元が不安定な立ちバック。ましてや浩之は中腰の体勢だ。女の深淵を穿つたびに締めつけてくる膣壁は魅力的だが、腰の辺りに少しずつ鈍い痛みを覚えはじめる。

「莉莎子さん、この格好……このままじゃ腰が持ちません」

「やぁん、そんなこと……そんな情けないこと、言わないでよ、若いんだから」

「でっ、でも……」

浩之は情けない声を洩らした。このままでは、腰を振った勢いに負けて尻もちをついてしまいそうだ。

「わっ、わかったわ。確かにそんな格好じゃツラいわよね。だったら、一度オチ×ポを抜いてソファに腰をかけていいわっ……」

「わっ、わかりましたっ」

年上の莉莎子の許可を得るなり、ペニスをいっきに引き抜くと浩之はソファの上に腰をおろした。尾てい骨の辺りにまだ軽い疼きを感じる。ソファに前のめりになっていた莉莎子は躊躇することなく、浩之の太腿の上に跨ってくる。

「ねっ、この格好なら大丈夫でしょう」

隆々と天を仰ぐように反り返る牡柱を握りしめると、莉莎子は左右に大きく広げた太腿の付け根へと招き入れる。

「あーんっ、さっきの格好もすっごく刺激的だったけど、お互いの顔を見ながらっていうのも興奮しちゃうっ……」

太腿の上に跨り対面座位で繋がった莉莎子は、浩之の首に左腕を絡みつかせると唇を重ねてくる。コスチュームからこぼれ落ちた巨乳がぶるんぶるんと揺れるさまは、まるで揉みしだいてとおねだりをしているみたいだ。

浩之は重たそうに揺れる両の乳房を下から支え持った。見た目以上にずっしりとした重量感が手のひらに伝わってくる。ふわとろのプリンのような感触の乳房に指先を食い込ませると、莉莎子は小鼻をふくらませて悩ましい喘ぎを吐き洩らす。

「ああんっ、いいっ、ねえ、下から突き上げてぇっ、思いっきり感じたいのっ。ねえ、見てぇっ、こんなふうに繋がってるのよっ……」

コスチュームが食い込んだヒップを左右に悩ましげに揺さぶりながら、莉莎子は両の太腿をさらに大きく開くと、牡杭を咥え込んだ部分を右手の指先でぐっと割り広げた。浩之自身を飲み込んでいる部分が丸見えになる。しかも人妻の恥丘は、つるつるに剃りあげられているので隠すものさえない。

「見てぇっ、ほら、こんなに深くまで入っちゃってるぅっ。オチ×ポが入っちゃってるのぉっ。気持ちがよくて、気持ちがよくてお尻が……勝手に動いちゃうぅぅっ……」

莉莎子は悩乱の声をあげながら、ピンク色のネイルで彩られた指先で花びらや淫核を撫で回す。ヒップをくねらせるたびにとろりと噴き出してくる愛蜜は、まるで濃厚なラブローションみたいだ。

ペニスを咥え込んだ花びらの真上に息づくクリトリスは、腫れたようにぽってりとふくれあがり、フードのような薄皮から完全に露出していた。縮れた毛がないので、なにもかもがあからさますぎる。

「莉莎子さん、いやらしすぎますよっ」

浩之は呼吸を荒げるばかりだ。それでも莉莎子の∞を描くような腰使いには負けてはいられない。ソファに沈めた尻をいっそう深く落とすと、グラマラスな肢体が浮きあがるほど勢いをつけて腰を跳ねあげた。

莉莎子の身体の一番奥深いところで、曲線的な腰使いと直線的な腰使いがぶつかり合う。

「はあ、すっごいっ、こんなところを見られちゃったら……」

配信用カメラに背中を向けていた莉莎子は、背後を気にするように身体をくねらせた。日頃からこんな格好で生配信をおこなっているからか、常に見られているような意識があるのかも知れない。

「恥ずかしいのに……恥ずかしいのにぃ、見られたら……きっと、もっともっと興奮しちゃうっ……はあっ、想像しただけで……オマ×コがずきずきしちゃうっ……。ねえっ、カメラに向かって見せつけてもいいっ……。繋がってるところを見せびらかしてもいい？」

はしたない妄想に取り憑かれたように囁くと、莉莎子は膝を使ってゆっくりと下半身を浮かびあがらせた。花壷にずっぽりと埋め込まれていたペニスが引き抜かれる。

「ねえっ、いいでしょう？」

莉莎子は許しを請うような言葉を口にしながら浩之に背中を向け、再び太腿の上に跨ってきた。

　甘酸っぱい牝の潤みにまみれた怒張を右手で摑むと、狙いを定めるように再びヒップを落としてぢゅぶぢゅぶと飲み込んでいく。今度は浩之に背中を向けた形の座位だ。

「はあっ、オチ×ポが入ってるところが丸見えになっちゃってるぅっ……。みんなに見られちゃうっ……」

　莉莎子は惑乱の声を迸らせながら、たわわすぎる両の乳房を揺さぶった。彼女はカメラのレンズに向かってキメポーズを取るみたいに、両足を左右に大きく広げた。彼女の昂ぶりに同調するように、膣肉がきゅうんっと絡みついてくる。

　まっ、まさか……本当に撮っているのか？。

　人妻とは思えない乱れっぷりに、浩之はカメラを凝視した。撮影や配信のために必要な機材には電源が入っていないのを事前に確認したはずなのに、思わずもう一度目視してしまう。しかし、どの機材も作動している気配はない。

「あん、動きをとめないでよぉっ……撮影なんかしているはずないじゃない。でも、そんなふうに思うと余計に感じちゃうんだものっ……。はあ、すごく感じちゃうっ」

　浩之の両足を挟むように莉莎子は大股開きになっている。うっすらと汗ばんだ背中を預ける彼女の左手が、ペニスを咥え込んだ女の部分へと伸びてくる。どれくらいがっちりと飲み込んでいるのかを確認するみたいに、しなやかな指先が玉袋の付け根の辺りをやわやわと撫でさすった。

「あっ、いっぱいっ、いっぱいっ……入ってるっ、入っちゃってるぅっ……」

感極まった声をあげると、さらに彼女は右手も淫らな音色を奏でる結合部分へと伸ばしてきた。莉莎子は上半身を前後に揺さぶるたびに滴り落ちる濃厚な愛液を指先になすりつけ、敏感な部分をリズミカルにまさぐっている。

ペニスを締めつける膣圧が少しずつ高くなっていく。浩之はくぐもった声を洩らした。奥歯に力を込めて射精感を堪えてはいるが、それでも淫嚢が体内にせりあがってくるのを感じずにはいられない。

「ああんっ、いいっ、入ってるのぉっ、おっきいのが入ってるっ。後ろからずぶって、挿入れられちゃってるのぉっ……」

莉莎子はレンズに向かってひけらかすように、さらに足を左右に割り広げる。彼女も絶頂が近付いているのだろう。

浩之に預けた背筋やヒップが、エクスタシーの予感に不規則に震えている。卑猥な蠢きを見せる牝蕾をこすりあげる指先の動きは、激しくなるいっぽうだ。

「あっ、ああっ、見られてるのにっ……見られてるのに……イッ、イッちゃうっ、イッちゃう……ああんっ……ダッ、ダメェッ、イクぅっ！」

浩之に騎乗した莉莎子の身体が大きく跳ねあがった。その瞬間、まるで目の前で火花が散ったと思うほどに、男根をぎゅっ、むぎゅうっと締めつけてくる。

「うっ、うわっ……ぼっ、ぼくも……でっ、射精るぅっ……！」

もう一度目の前で火花が散った気がした。火花というよりも花火大会の大トリで打ちあげられる特大の尺玉が開いたような感じだ。

びゅっ、びゅびゅっ……びゅびゅびゅびゅぅっ……。

狭い洞窟の中に押し込まれた牡の火山の先端から、岩漿がすさまじい勢いで噴火する。

「あっ、ああっ、オチ×ポが、オチ×ポがぁ……オマ×コの中でびっくん、びっくんいってるぅっ……」

膣壁に噴きかかる精液の熱さに感極まったように、莉莎子は悦びの声をあげた。浩之に預けた背中が、前後にびくびくと波打つような痙攣を繰り返す。

それでも、咥え込んだペニスをなかなか解放しようとはしない。ようやくありつけた肉棒を離したくないと訴えるみたいに、切なげに締めつけてくる。

「ああんっ、もっ、もうっ……」

もう一度、莉莎子の身体が大きくバウンドした。折れそうなくらいに背筋をのけ反らせたまま、見ているほうが心配になるほど激しく全身を戦慄かせると、今度は瞬間接着剤を全身に浴びたかのように硬直させた。

まるで呼吸まで止まってしまったみたいだ。唯一蠢いているのはペニスを飲み込んだ蜜壺の周囲の肉だけだ。

何秒ほど身体を強張らせていただろうか。

肢体からふわりと力が抜け落ちると、莉莎子はぐったりともたれかかってきた。

「はあっ、身体が動かない……」

莉莎子は口元に満足げな笑みを浮かべると、繋がったままの下腹部をゆるゆるとくねらせた。

「ねえ、また会ってくれるでしょう。今度はパイズリとかフェラもたっぷりしてあげるから……」

たっぷりと精液を放出したばかりだというのに、牡を挑発する刺激的な台詞にペニスが返事をするみたいに上下してしまう。弥生の濃厚なフェラを味わってからは、唇も乳房や下半身で息づく女の部分のような性的な部分だと思うようになっていた。

ふと、どうして自分がこの部屋を訪ねてきたかを思い出す。こんなに色っぽいコスチュームを着ているのだ。無理にゲームの実況をしたり、地下アイドルのように歌ったり踊ったりするよりも、口元をアピールするほうが視聴者の心に刺さるのではないかと思いついた。

「いまさらなんですけれど、この部屋に来たのは下の階からのクレームがあったからなんです。莉莎子さんは色っぽいんだから、無理に飛んだり跳ねたりするんじゃなくて、深夜の『飯テロ』って言われるドラマみたいに、美味しそうにものを食べてみるっていうのはどうですか？」

「えっ、食べるの……」

「色っぽい格好をして、美味しそうに食べるところを配信するんです。男って女性の口元に色気を感じるんです。飯テロの時間帯にいまみたいにセクシーなコスチュームで物を食べるところを配信したら、食いつく視聴者が絶対にいると思うんです」

「食欲と性欲の融合って感じかしら？」

「そうです。そうすれば、派手な音を立てる必要もないですよ。室内で靴を履いて動くと響きますが、防音効果の高いカーペットを敷けば問題ないと思います」

「それならば、音の問題も大丈夫ってことね」

浩之の提案に賛同するみたいに、莉莎子はパンと手を打ち鳴らした。

「ありがとう、クレームもいっきに解決できそうだし、今夜は最高だわ。みんなに見られてるかもって思ったら、自分でも信じられないくらいに感じちゃったっ……」

甘えるように囁くと、莉莎子は電源が入っていないカメラの向こう側の視聴者を誘惑するみたいに、自らの指先でGカップの乳房を揉みしだいた。

第三章　単身赴任妻の隠れた欲情

莉莎子と関係を持ってしまった翌日、彼女からメールが届いた。

「昨日は、どうも♪　アドバイスを元にして、配信の内容を見直すことにしました。今夜から配信するので、感想を聞かせてくれると嬉しいです」

メールには配信時間とともに、配信しているアプリ名や登録しているＩＤも記されていた。

うーん、どうしようか……。

浩之ははたと考えた。寝不足のせいかやつれて見えた香帆のことを思えば、莉莎子にクレームを伝え対策を考えることを約束させたので、即座にそれを伝えたいところだ。しかし、音などには個々の感じかたがある。

それならば、報告をするのは今夜の配信を確認してからでも遅くはない。ぬか喜びをさせるようなことになったら、かえって香帆のストレスになりかねない。浩之はそう考えて、今夜の生配信を視聴してから報告をすることに決めた。

セクシーなコスチュームで飯テロをしたら、食いつく視聴者もいるからとアドバイスをしてはみたものの、それとて浩之の主観でしかない。

実際の配信を見てみなければ、どんなふうに仕上がるのかもわからない。だいたい食べるという行為だけで、視聴者を楽しませられるのかという疑問もある。まずは見てみなければ判断がつかない。

配信がはじまるのは午後十時からだ。中座をしなくてもいいように、テーブルの上にビールや軽いツマミをなどを用意しておく。配信を見るにはスマホにアプリを入れてＩＤ登録する必要があるので、それらはすでに済ませておいた。

予定の時間きっかりに莉莎子の生配信がはじまった。今夜の莉莎子は、身体を動かした拍子にショーツからチラ見えしそうなほどミニ丈の着物姿だ。着物というよりも、現代版の花魁（おいらん）風のコスプレなのだろう。

昨日は金髪のウイッグだったが、今夜は銀色の毛をツインテールに結いあげ、濃いめのメイクを施している。人妻なので、普段の姿からは絶対に想像がつかない衣装やウイッグをあえて選んでいるようだ。

部屋の隅に置かれていたテレビは、昨夜ふたりが淫らな行為に耽（ふけ）ったソファの真横に移動されていた。靴音が響かないようにとアドバイスをしたからか、床には厚手のカーペットも敷かれていた。

「今夜からはちょっと趣向を変えて、美味しい生放送をお届けしようと思いまーす」

艶然と微笑むと、莉莎子はテレビにもたれかかりリモコンを操作した。画面に花魁姿の莉莎子が映し出される。どうやら事前に撮影しておいたものを放送しながら、生配信で解説をしようという趣向のようだ。

テレビ画面の中では、莉莎子が夏祭りなどで見かけるチョコバナナを作っていた。バナナという発想がいかにも彼女らしい。

「そして、できあがったチョコバナナがこれでーす」

声を弾ませると、彼女は冷蔵庫の中で冷やしていたチョコバナナを取り出し、画面に向かって突き出した。

「あーん、美味しそうっ……」

莉莎子はわざとらしいほどうっとりとした声を洩らしながら、チョコバナナを差した割り箸を大きく開いたコスチュームの胸の谷間に挟み込んだ。まるで乳房のあわいからカラフルなチョコスプレーがかかったバナナが生えているみたいだ。

「では、いただきまーす♪」

彼女は胸の谷間から突き出したバナナに、ピンク色の舌先を伸ばすとでろりっと舐めあげた。放送の内容は終始こんな感じで進行していく。舌先の動きを見ていると、バナナが羨ましく思えるくらいだ。これでは『飯テロ』ではなく「飯エロ」だ。

画面の中には、視聴者からアイテムが投げ込まれるようすが映し出される。これが莉莎子が言っていたお小遣いなのだろう。投げ込まれるたびに、莉莎子は色っぽい表情を浮かべたり、投げキッスを返したりとリアクションをしている。

彼女の口元の色っぽさに思いついた、我ながら少し短絡的なアイデアだったが、これが深夜の小腹を空かせた視聴者の心に上手く刺さったみたいだ。浩之は胸を撫でおろした。

翌日は巨大なボウルを利用して作ったと思われる、おっぱい型のプリンをふたつ並べたものだった。莉莎子の乳首を連想させるような、ソフトな色合いのキャラメルソースがいやらしさを醸し出している。

彼女はまずはそれをスプーンなどを使わずに、舌先だけで舐め回した。それは自分の乳房を舐めしゃぶったエロティックな仕草と重なる。

視聴者から投げ込まれるアイテムで、ときおり画面が見えなくなるくらいだ。途中からはスプーンを使ったが舌使いがなんとも卑猥だ。プリンを食べ終わった後は、視聴者のコメントに笑顔で対応している。

　これならば飛んだり跳ねたりするようなこともなく、なんとか配信を続けられるだろう。これで香帆に問題が解決したことを報告することができそうだ。

　騒音問題は解決できそうだが、浩之には相変わらず気にかかることもある。予備校の講師をしている若葉のことだ。ストーカーに怯える彼女は、相変わらず顔色が優れず言葉数も少ない。そんな姿を目にするたびに、守ってあげなくてはという気持ちが湧きあがってくる。

　これは管理人としての義務感や責任感というよりも、ひとりの男としての正義感みたいなものだ。本音を言えば、儚げな雰囲気をまとう彼女を見ていると、年齢に相応しい笑顔を取り戻させてやりたいと思ってしまう。

　これまでにも、予備校帰りの彼女を見かけて、まるで保護者のようにさり気なく背後から見守ったりしていた。マンションにたどり着くのを見届けたことも、一度や二度のことではない。

　彼女を追いかけ、隣に並んで歩こうかと考えたこともあるが、逆にストーカーを刺激してしまう危険性もあるので、それは控えた。これでは、浩之がまるでストーカーみたいだ。

でも、そうしなくてはいけないような気持ちになってしまうのを禁じ得ない。浩之にとって、若葉は守ってやりたくなる存在なのだ。

莉莎子と男と女の関係になってから三日目の夜、浩之は午後八時半をすぎた頃に香帆の部屋を訪ねた。チャイムを鳴らしてみたが反応はない。

古い造りなので、ドアの隙間から室内の灯りが洩れている。室内の灯りは点いているが、人の気配は感じられなかった。

出直そうかと踵を返したときだ。廊下の向こうから人影が近づいてくるのが見えた。スレンダーな肢体にフィットするようなタイトなラインのスーツと、肩よりも短く切り揃えられたボブヘアには確かに見覚えがある。

「あっ、管理人さん」

声をかけてきたのは香帆のほうからだった。黒に近いダークブルーのスーツが、細身の肢体をいっそうに華奢にみせる。スリムな銀縁のメガネが、彼女をいっそう知的に演出していた。

「遅くなってしまい、申し訳ありません。上の階から騒音の件についてご報告に来ました」

「あっ、ありがとうございます。そういえば、一昨日からほとんどなにも音がしなくなったので、管理人さんが注意をしてくださったんだと思っていました。廊下で立ち話もなんなので、入ってください」

周囲を気にするように香帆は言った。

それほど大きなマンションではない。騒音などのクレームで管理人を呼んだということは、周囲にはあまり知られたくないのだろう。

香帆は玄関のドアの前に立つと、肩にかけていたバッグの中からキーケースを取り出し鍵穴に差し込んだ。女性専門のマンションだけに、ドアノブの上部にもサブキーがあるツーロックだ。

彼女の肢体からは、森林を思わせる香りが漂っている。甘ったるさを押さえた香りはいかにも仕事ができる女という感じだ。

んっ、もしかして……。

香帆の部屋を訪ねることを考えて、浩之は今夜はまだ一滴も飲んではいなかった。そのせいで余計に嗅覚が敏感になっている。彼女の呼気からは、ほんのりとアルコールの匂いがした。

ガチャッ、ガチャリッ。鍵を開ける金属音を響かせドアが開く。部屋の中はすでに煌々(こうこう)と電灯が点(つ)いていて、浩之は少し驚いた。

「ひとり暮らしをはじめた頃からの癖なんです。灯りがついていない部屋って、怖くて入れなくて。どうぞ、入ってください」

招かれるままに、浩之は彼女の部屋の中に足を踏み入れた。玄関先には靴は二足しか置かれていない。ごちゃごちゃと靴を並べていないところが、いかにもしっかりとしている彼女らしく思える。

「すみません。ちょっと飲んでいて……。今回は本当にありがとうございました。よかったら管理人さんも少し飲んでいきませんか？　とりあえず、座ってください」

香帆は提げていたバッグをハンガーにかけると、冷蔵庫に直行した。言われるままに、浩之は床の上に置かれたクッションの上に腰をおろした。他人の私生活を観察してはいけないと思いつつ、開いた冷蔵庫の中についつい視線をやってしまう。

ひとり暮らし用の小ぶりな冷蔵庫の中身は、ほとんど缶に入った酒ばかりだ。冷蔵庫の中身を見る限りでは自炊をしているようすはない。

「いやだわ、恥ずかしいっ。ひとり暮らしだから、自炊とかはしないんです。食べてくれる人がいないのに作るのって虚しいし、結局は食材を買っても使いきれないんですよね」

香帆は言い訳がましい言葉を口にした。見るからに仕事ができそうで、近づきがたいような印象を抱いてしまう彼女にもそんな一面があったのかと思うと、なんとなく親近感を覚えてしまう。

「わかります。自炊をしようと思っても、仕事とかで疲れてるとできませんよね。うちのマンションの分別ゴミの日は、空き缶の袋はお酒ばっかりですよ」

「そんなふうに言ってもらえると気が楽になります。アルコールはビールとサワーくらいしかないいんですけれど、管理人さんはどっちがいいですか？　サワーはレモンとグレープフルーツがありますけど……」

飲むとは一言も言っていないのに、香帆は冷蔵庫を前にして尋ねてくる。ひとり暮らしが長くなると、職場など以外での人との会話が恋しくなるのはわかる気がした。実際にいまの自分がそうだった。

部屋に帰ってもひとりぼっちだと思うと、なんとなくどこかに寄り道をしたくなる。香帆ではないが、ほとんど自炊さえしたこともない。

ひとり暮らしをしてから自室で作った料理といえば、電子レンジで温めるだけの冷凍食品か、お湯を注ぐだけの即席麺くらいなものだ。香帆は大きめのグラスをテーブルにふたつ置いた。

「じゃあ、レモンサワーをもらえますか？」

浩之の言葉に、香帆は嬉しそうな表情を浮かべた。

「本当にありがたいなって思っているんです。だって、ずいぶんと悩んだんです。騒音とかで揉めるのは嫌だけれど、寝不足も限界に来ていて……。管理人さんに相談したら、こんなにすぐに解決するなんて。だったら、もっと早く相談すればよかったって思ったくらいです」

「いや、今回はたまたまですよ。上の階のかたも騒音を出しているっていう自覚がなかったみたいだったので、それを伝えたらすぐに理解をしてくれたんです」

「そうだったんですか。でも、管理人さんに相談してよかったわ。よく言うでしょう。騒音問題とか、近隣問題って大変だって……」

「まあ、そうですね。でも、今回は早めに解決できてよかったです」

「本当に管理人さんには感謝してもしきれないわ」

そう言うと、香帆はレモンサワーをテーブルの上に置き、もうひとつのクッションの上に腰をおろした。テーブルの形が楕円形（だえんけい）なので、浩之の斜め前に腰をおろした格好だ。

座ったことでタイトなスーツがずりあがり、膝よりも上の部分が現れる。お行儀よく膝を揃えた両足は、ナチュラルなブラウンのストッキングに包まれていた。

「とりあえず、乾杯をしましょうか」

香帆は缶入りのサワーを、慣れた手つきでふたつのグラスに注いだ。指先を彩るマットなベージュのネイルが、いかにも人妻という感じだ。グラスを摑み浩之に向かって差し出すと、美味しそうに喉を鳴らしながら飲みくだした。

すでに居酒屋などで飲んで、半分くらいできあがっているのだろう。見ているほうが気持ちがよくなるほどの飲みっぷりだ。クッションの上で横座りになった香帆が座り直すたびに、スカートが少しずつずりあがっていく。

「ひとり暮らしって気楽でいいかなって思っていたけれど、実際は違うんですよね」

香帆はグラスから唇を離すと、ぽつりと呟いた。

「ああ、それはぼくも思いました。ひとり暮らしに憧れていた時期もありましたが、実際に暮らしてみると、思っていたよりも大変で……」

「そうですよね、管理人さんもひとり暮らしなんですね」

「ええ、結婚した兄が夫婦揃って実家に戻ってくるんで、次男のぼくは追い出されました」

浩之はありのままを口にした。

「ああ、そうだったんですか。以前は管理人さんがいなかったのに、どうしてかなとは思っていたんですよ」

「ここは身内の物件なんで……。野上さんこそ、ご結婚されているのに？」

「ですよね、普通はそう思いますよね。主人とは幼馴染みなんです。付き合いだしたのは高校生の頃だったんですけれど、少し離れた大学に進学するためにひとり暮らしをはじめたので遠距離恋愛をしていました。でもやっぱり遠距離って難しくって。その後も離れたり、くっついたりを繰り返していたんです。主人は実家が飲食店を営んでいるので、地元からは絶対に離れられないんです」

「そういう事情があるんですね」

「でも、お互いになんとなく離れられなくて結婚したんです。いまの職場は自宅からは片道で二時間半以上かかるので、身体が持たないからここを借りたんです」

「確かに片道で二時間半はキツいですね」

「職場はここからだと電車ですぐですし。でも、主人は飲食店を経営しているので、週末に戻っても結局はすれ違いなんです。だから、最近はあまり帰る気にもなれなくて……」

香帆の表情が憂いを帯びる。上の階の莉莎子が立てる騒音のせいで寝不足なのかと心配していたが、彼女の顔色が優れないのはそれだけではなさそうだ。

「男の人って、やっぱりそばにいない女のことなんか、どうでもよくなってしまうのかしら？」

グラスに注いだサワーをごくりと飲みくだすと、香帆は少し寂しそうに呟いた。少し自棄気味にも思える物言いにどきりとしてしまう。少なくとも日頃浩之が知っている彼女とは別の女みたいな口調だ。

「いやっ、そんなことはないと思いますよ」

「最近では主人のほうから、休みのたびに戻ってこなくてもいいなんて言うんですよ。それって、なんだか怪しいと思いませんか？」

「えっ……」

「仕事のために別居しているとはいっても、わざわざ帰ってこなくてもいいなんて言うかしら？　主人だって働いているんだから、溜まっている家事だってあると思うんです。まさかとは思うけれど、浮気でもしているんじゃないかしら……」

アルコールの勢いもあってか、香帆は夫に対する不満を次々と吐きだす。きっと職場ではそんなことはおくびにも出さないのだろう。

人妻の彼女にとっては、ここはあくまでも仮住まいだ。彼女にとって職場でもないし、浩之は同僚や身内や友人ではない。賃貸契約が終われば、二度と会うこともないだろう。それが彼女の口を軽くさせているのかも知れない。

「いやあ、ぼくは結婚をしたことがないからわからないんですけれど、ご主人は野上さんの身体のことを心配しているんじゃないですか。通勤が大変で単身赴任をしているくらいなら、ご主人のところに戻るのも大変なんじゃないですか。そうでなければ、単身赴任なんかさせないと思いますよ」

「えっ、そんなものかしら？」

浩之は会ったこともない香帆の夫を擁護した。彼女は一見気が強そうに見えるが、頬をわずかに染める程度のアルコールを口にした程度で、胸の中に抱える思いを口にしてしまう、繊細なところもあるようだ。

幼馴染みだというのであれば、お互いのいい部分も悪い部分も十分すぎるほどに知っているに違いない。

「そんなふうに言ってもらえたら嬉しいけれど……。でも、最近はメールや電話も素っ気ない気がするんですよ。……あっ、ごめんなさいっ」

そう言うと香帆はクッションから腰をあげ、玄関と居住スペースの間に位置する手洗いへと向かった。

いかんせん狭い室内だ。聞いてはいけないと思っても、手洗いのドアが閉まると同時にタンクの水を流す音が聞こえてくる。

トイレの中では、香帆がスカートをたくしあげているのは間違いない。人妻が洋式便座に跨(また が)っている姿を想像するだけで、玉袋がきゅんと波打つみたいだ。

浩之は人妻が暮らしている室内を改めて見回した。ワンルームの室内は、相変わらず殺風景なほどに綺麗に片付けられている。生活感が感じられるのは、薄手の布団から抜け出したときのままの形を留めているベッドの周辺くらいだ。

んっ、あっ、あれは……？

シングルサイズのベッドの枕元に、無造作に置かれているものに違和感を覚えた。色味を押さえた室内で、それらだけが奇妙に思えるほどに色鮮やかだ。いかんせん広いとは言い難いワンルームだ。目を凝らせば、それがなんなのかくらいはわかる。

濃いめのパープルのものはどう見ても、男根型のバイブレーターに違いない。枝分かれをするみたいに、淫核を刺激するための動物の頭部のようなものもついている。

それだけではない。ピンク色の小さめのゆで卵のようなころんとした物と、ワインレッドの円筒状のものも転がっていた。

ゆで卵のような形状のものは、手にしたことこそなかったが、明らかにアダルトサイトでなどで目にした記憶がある。俗にローターと呼ばれているものだ。もうひとつの、雫を連想させる手のひらサイズの筒状のものは見たことがなかったが、妙齢の人妻の枕元に置かれているというだけで、牡の好奇心をそそる物体なのは間違いない。

それらを手に取って確かめたいという衝動が込みあげてくる。

とはいえ、ひとり暮らしの女性の部屋で主が席を立っているときに場所を移動したりしたら、どんな意図があろうとなかろうと不信感を招きそうだ。

もう一度水が流れる音が聞こえ、しばらくすると手洗いのドアが開いた。

「ごめんなさいね。仕事の帰りに軽く飲んでいたから……。駅前の居酒屋でひとり飲みをするって、お友だちもいない寂しい女みたいよね」

ドアが開くと同時に、香帆が照れくささを隠すように早口で言葉を並べ立てる。

「えっ、あっ……」

ベッドの枕元に注がれた浩之の視線に気づいたように、香帆は驚きの声を洩らした。まるで友だちからくすねたオモチャを発見された子供のように、口元を強張らせる。

バツが悪そうなその表情。

「あっ、そっ、それは……」

必死に上手な言い訳を探しているのが見てとれる。香帆が懸命に言葉を取り繕おうとすればするほどに、枕元に置かれたモノが見られたくものだということが伝わってくる。

「いや、不動産業には守秘義務というものがあって……」

思わず、この場には絶対に相応しくない陳腐な言葉が出てしまう。逆にその台詞こそが、見てはいけないモノを発見してしまったと白状しているようだ。

「あっ、だめっ、みっ、見たら……」

手洗いから出た香帆は、つまずいてしまうのではないかという思うくらいの勢いでベッドに駆け寄ると、牡の興味を引き寄せる色鮮やかな物体をかき集めて隠そうとした。

香帆はベッドサイドに膝をつき、前傾姿勢になって淫らな道具を隠そうとしている。しかしどう考えても、手のひらなどで隠しきれるはずもない。

「あーんっ、はっ、恥ずかしいっ……」

浩之の視界からは隠したものの、香帆は背筋をわなわなと震わせている。恥辱に震える後ろ姿が、彼女の狼狽えぶりを表しているみたいだ。

思えば浩之にも似たような経験がある。学校から帰って自室に戻ったら、敷布団の下に隠していたエロ雑誌が、綺麗に干された布団の上に載っていたのを見たときは、恥ずかしさから自室に閉じこもりたくなってしまった。

その日からしばらくの間は、母親とまともに顔を合わせることもできなかった。もっともこんなことは青春時代には誰もが一度は経験することのようで、同じような体験をした男友だちと大いに盛りあがったものだ。

浩之はクッションから腰をあげると、背中を丸める彼女の背後に回り込んだ。中腰の体勢になると、彼女の身体からほのかに漂うグリーン調の香水の匂いが鼻腔に忍び込んでくる。

「別に恥ずかしがることなんかないですよ。ぼくの友だちには、博物館ができるんじゃないかと思うくらいにエッチな道具を揃えているのがいますよ」

それは嘘ではなかった。珍しいオナニーグッズが出るたびに、それらを買い揃えては自慢する友人は確かにいる。その言葉に、香帆がゆっくりとこちらを振り返った。床の上に膝をついた彼女と視線が交錯する。

「でっ、でも……それって男の人の場合でしょう？」

「友だち曰く（いわ）ですが、快感が大きいぶんだけ女性のほうが貪欲だって言っていましたよ」

「そっ、そんなものなのかしら……。さっきも言ったけれど結婚してはいるのに、夫とは別居中だし。あっちだって……すっかりご無沙汰なんですもの……」

アルコールが普段は堅そうにみえる彼女を大胆にさせるのだろうか。香帆は夫婦の秘めごとを口にした。

「あっちっていうのは？」

浩之はわざと彼女の言いかたを真似て尋ね返した。

「もうっ、管理人さんったらイイ人そうに見えるのに、結構意地が悪いのね。あっちっていったら、セックスのことに決まっているでしょう」

ほろ酔い加減の香帆は、セックスという単語をあっさりと口にした。枕元に置いていたオナニーグッズをしっかりと目撃されているのだ。

いやらしいことなどなにひとつ知らないと言ったとしても、説得力がないと自覚しているのかも知れない。

男根型のバイブやローターは、エッチ系のビデオなどでイヤというほど目にしていた。しかし、もうひとつの道具については、どんなふうに使うものなのか皆目見当がつかない。

「ええと……ですね。ローターやバイブレーターはわかるんですけど、もうひとつのはどういうものなんですか？」

「エッチィ、そっ……そういうことを聞きますぅ？」

浩之の問いに、香帆は普段とは違うトーンの声で答えた。適度なアルコールが、日頃はバリバリのキャリアウーマンとして振る舞う彼女から堅さを奪い取っているみたいだ。

「見せてもらってもいいですか？」

思いきって尋ねてみる。卑猥な妄想をかき立てられるからといって、まさか人妻の手の中から強引に奪い取ることもできない。

「見せてなんて……」

香帆の表情に明らかに戸惑いの色が広がる。しかし、ここは退かずに押しきるしかない。

「だって、興味があるじゃないですか。野上さん、いや香帆さんがどんなことをしていたのかって」

浩之はあえて苗字ではなく、名前を口にした。弥生や莉莎子と身体の関係を持ったことで、女は名前を呼ばれることによって、相手に対して親密な感情を抱くことを肌感覚で学習していたからだ。

「あっ、あーんっ、恥ずかしいけど……」

床の上に突っ伏してしまいそうな前傾姿勢になっていた香帆は、ゆっくりと上半身をあげた。

そこにあったのは、やはり濃いパープルの男根型のバイブレーターとピンク色の卵型のローターだった。さらに雫を連想させる、手のひら大の奇妙な形をしたものもある。雫型の細くなっている側には、中心に穴が開いた丸い突起物があって、実に不可思議な物体だ。

「あのっ、これって？」

「えっ、知らないの。少し前に元グラビア系タレントが不倫で騒がれたのを覚えていません？　そのタレントと不倫相手がこのアダルトグッズを使って楽しんでいたらしくて。当時はずいぶんと話題になったのに」

香帆は意外そうに目を見開くと、浩之の顔をまじまじと見つめた。まるで知っているのが当たり前だというみたいに、見慣れない道具の電源を入れる。しかし、電源を入れてもローターのようにぶるぶると振動したりはしない。

「これって……すごいんですよ」

その快感を脳裏に思い浮かべたように囁くと、香帆はそれを浩之の手のひらに押しつけた。途端に鈍い振動音があがる。

えっ……、なっ、なんだ、これっ……。

香帆が手にしているものは小刻みに振動しながら、突き出した部分が手のひらにぴったりと吸いついてくる。

「これって、吸引型って呼ばれるバイブなの。これでクリちゃんをきゅっと吸われながらぷるぷるされると、どうしようもないくらいに感じちゃうんですっ……」

彼女の言葉どおり、タコなどの軟体動物の吸盤のようにぴたっと吸いついてくる。快感が集中した淫核をこれで吸われながら刺激されたら、確かにすごそうだ。

「もしかして、香帆さんってこれでオナッているんですか？」

「やだっ、オナッてるなんて言わないでくださいよ。ひとりエッチとか、もっとソフトな言いかたがあるでしょう……」

恥じらうように香帆は浩之の言葉を訂正した。だが、どんなに言いかたを変えたとしても、手のひらにぴったりと吸いついてくる吸引型のバイブで性的な悦びを貪っていたことは疑いようがない。

「でも、これでエッチを楽しんでいたんですよね」

「あぁん、だって……。単身赴任をしているのよ。週末に帰ったって、主人は店が忙しい、疲れているんだって構ってもくれやしないんだもの……」

香帆は肢体をもどかしげに揺さぶった。切ない声を洩らしながら女の情念を滲ませる姿は、スーツに身を包み背筋をすっと伸ばして歩く彼女とはまるで別の女みたいだ。

「わっ、わたしだって女なのよ……。ときには思いっきり乱れたい夜だってあるし、イキたくてたまらなくなるときだってあるのよ。それに疲れすぎて、眠れなくなることがあるでしょう。そういうときは、ひとりエッチをして満足すると、そのまますり眠れたりするのよ」

隠すこともなく枕元に置かれていたということは、快感に耽ったまま寝落ちしてしまったのだろう。

そうなるとローターや吸引型のバイブには、彼女の快感の名残りが残っているかも知れない。そう思うと、手のひらに吸いついてくる感触が妙に心地よく思える。

「もうっ、普通は見られたくないものとか、見たらイケないものは見なかったり気づかないフリをしてくれるものじゃないのかしら……」

香帆は開き直るように言うと、浩之に背中を向けテーブルの上に置いてあったグラスに注いだサワーをいっきに呷った。

確かに彼女の言うとおりだ。管理人たるもの、よほど重大な契約違反など以外は気がついたとしても、あえて見なかったように振る舞うことも少なくはない。

ただ今回発見したオナニーグッズは、騒音のクレームが入ってこの部屋を訪ねたときには気づかなかったものだ。

シンプルすぎるともいえるこの部屋の中に、色鮮やかなローターや男根型のバイブが置いてあったとしたら気がつかないはずがない。

ましてや、クレームが入ってから数日しか経っていない。騒音問題の確認や報告のために、浩之が訪ねてくるのは想像に難くないはずだ。それを考えると、さりげなさを装いながらわざと目立つところに置いたように思えなくもない。

まっ、まさか……ぼくに見つかるように……ベッドサイドに置いておいたのか……。

そんな疑念が湧きあがってくる。しかし、その確証はなかった。だが、本当に見られたくなかったとしたら、それを隠そうとするだけで精いっぱいのはずだ。

たとえ尋ねられたとしても、わざわざ浩之の手に吸引バイブを押しつけて、その性能を教えたりするだろうか。その前後には別居している夫への不平不満も口にしている。

そう考えれば、手洗いに立ったのも、浩之に室内を見回すチャンスを与えたように思えてしまう。

三十代前半の人妻が単身赴任をしていると聞けば、男ならば多かれ少なかれ好奇心を抱くに決まっている。お行儀よく座っていたとしても、室内を見渡せば目を引きやすいパープルやピンク色のオナニーグッズに気がつくのは当然のことだろう。

「あっ、あの……」

「えっ、どうかしました？」

「いやっ、すごいのは十分にわかりましたから……」

吸引型のバイブが吸いついている手のひらを、浩之は莉莎子のほうへ差し出した。

「ああっ、そうだったわね。ごめんなさいね」

はっとしたような声を洩らすと、香帆は電源を切ると吸引型のバイブを浩之の手から外した。その表情にはわずかに落胆の色が浮かんでいるように思えた。

「もしかして、わざとですか？」

「えっ、なんのことですか……」

「いや、わざとらしくバイブが置いてあったり、ぼくの手に押しつけてきたりするから、もしかしたら誘われてるんじゃないかって思ったんです」

浩之はいっきに畳みかけた。以前の浩之ならば考えられないことだ。しかし、訳アリの人妻たちに誘惑されたことによって、駆け引きめいたこともできるようになりはじめていた。

「そんな……誘うだなんて……」

ぎくりとしたように、香帆は切れ長の瞳を瞬かせた。

「そうですよね。すみません、ぼくの勘違いだったみたいです。香帆さんみたいに素敵な人妻さんが、ぼくみたいな年下の男を誘ったりするはずなんかないですよね。お酒が強くないのにサワーを飲ませてもらったせいか、少し調子に乗りすぎてしまったみたいです。すみません、酔っ払いの戯言だと思ってください。お酒までご馳走になってしまい、ありがとうございました」

中腰になっていた浩之はすっと身体を伸ばした。年下の男の勘違いを強調するように繰り返すと、彼女に背を向けて部屋を後にしようとする。

「あっ、まっ、待って……」

「えっ、まだなにかありましたか？　上の階の騒音についても、もう大丈夫だと思います。これからは毎晩ぐっすりと眠れると思いますよ」

「そっ、そうじゃなくて……そうじゃなくて……」

クレームの報告を含めて、要件はすべて済んだはずだ。それなのに、部屋を出て行こうとする浩之を、香帆は引き留めようとする。

「まだ、なにか問題があればうかがいますが？」

「さっきも言ったのでしょう。疲れすぎていると、ヘンに昂ぶって眠れなくなるって。

だっ、だから……」

香帆は瞳を泳がせながら言葉を絞りだす。床の上に両膝をぺたんとついたまま懸命に訴える姿は、日頃の肩で風を切って颯爽と歩く態度とはギャップがありすぎる。

「疲れすぎて眠れないときのために、そういう道具があるんじゃないんですか？」

浩之はわざと素っ気なく言い放った。香帆の女心が、熟れきった女体がぐらついているのが室内の空気越しに伝わってくる。

「あっ、そんなふうに言わないで……。確かに満足すれば眠れるけれど、それだけじゃなくて人肌が、人の温もりが恋しくてたまらないときだってあるのよ」

香帆は胸の中でふくらみきっていた感情を口にした。言葉にするまでは押し留めておくこともできたのだろう。しかし、一度吐露してしまった思いはなかったことにすることなどできないみたいだ。

「お願いだから、このまま帰るなんて言わないで……」

年上の女の情念が、浩之の身体にまとわりついてくる。やはり目につきやすいベッドサイドに淫らな性具を置いていたのは、撒き餌のようなものだったのだと確信する。

「でも、どうして、ぼくなんかに……」

「だって、管理人さんってイイ人なんだもの。どう考えても勤務時間外なのに、部屋まで騒音を確認しに来てくれて。それだけじゃないわ、その後にすぐに騒音だってなくなって……。ちゃんとわたしの言い分を理解してくれたんだなって……」

「まあ、それは仕事ですから」

「だけど、わたしは管理人さんのことを信頼できる男だって思ったの。だから、帰るなんて言わないで……お願いだから……」

人肌が恋しいとねだる人妻の声に、うなじの辺りがじいんと痺れるみたいだ。確かにオナニーグッズを目の当たりにしたときに、彼女がどんなふうに自慰行為に耽っているのかを想像しなかったといったら嘘になる。

ローターや男根型のバイブならば、画像や映像で何度となく目にしているし、なんとなく想像することができる。しかし吸引型のバイブは、目にしたのも触れたのもはじめてのことだ。

香帆はそれをどんなふうに使って、どんなふうに喘ぎ身悶えるのだろうか。淫らな妄想がどこまでも果てしなく広がっていく。

日頃の彼女は、スリムな銀縁メガネのツルを指先ですっとあげる仕草もさまになっている。隙が感じられないタイプだけに、ますます興味を惹かれてしまう。

「だっ、だったら……香帆さんがいつもどんなふうにひとりエッチをしているのか見せてもらえませんか？　もしも見せてくれたら、どこまでご期待に沿えるかはわかりませんが、香帆さんが望むとおりにしますよ」

浩之は勝負に出た。もしも香帆が拒むならばそれまでのことだ。断られたなら、二〇三号室の弥生に連絡をすればいい。夫の浮気によってこのマンションに移り住んできた彼女からは、いつでも部屋を訪ねて来てもいいと言われている。

弥生が手渡そうとした合い鍵を受け取らなかったのは、管理人としての自覚からだった。もっとも管理人室には、緊急事態に備えてすべての部屋のスペアキーが、厳重に保管されている。

「ひっ、ひとりエッチって、オナニーをしているところを見せろっていうの。そんな、そんなの……恥ずかしすぎるっ……」

香帆は整った美貌を歪めると、スーツに包んだ肢体を揺さぶった。きゅっと寄せた眉頭から彼女の葛藤が読み取れて、ひどく艶（なまめ）かしい。

逆に「はい、わかりました」とあっさりと衣服を脱ぎ捨てて、大股開きでオナニーグッズを太腿の付け根に押し当てたとしたら、興ざめしてしまっただろう。

恥じらわれれば恥じらわれるほどに、興奮するに決まっている。我ながら男というのは、自分勝手な生き物だと痛感してしまう。

「管理人さんったら、意外と意地が悪いことを言うのね」

「だって、あんなにエッチなものを見せつけられたら、嫌でも好奇心を覚えるじゃないですか。香帆さんだってぼくを挑発しようと思って、わざとベッドサイドに並べておいたんでしょう？　いや、別にぼくはどちらでもいいんです。自慢するわけではないけれど、周囲からは草食系男子だって言われてるんですから」

ポーカーフェイスを装って言い放つ。しかし、本当は胸がばくばくと鼓動を打っていた。年下の男ならば、欲望に負けて襲いかかってくるくらいに思っていたのだろう。想像もしていなかった浩之の反応に、香帆は明らかに戸惑っている。

「わかりました。じゃあ、ぼくはこれで失礼します。大丈夫ですよ。管理人には守秘義務がありますから、このことは絶対に口外なんかしませんから」

「まっ、待って。言うとおりにするから、このまま帰るなんて言わないで。このままじゃ、眠れっこないわ」

「さっきみたいな、エッチな道具を使ったらいいんじゃないんですか？」

「そんなふうに言わないで。あんな作り物が本物にかなうわけがないじゃないっ。わかったわ、言うとおりにするわ。オナニーをするところを見せるから」

苦渋の声を洩らすと、香帆はゆっくりと膝立ちになった。背後に両手を回し、膝下丈のスカートのカギホックを外し、ファスナーを少しずつ引きおろす。

その仕草は明らかに牡の視線を意識している。ファスナーをおろすと、スレンダーな肢体を左右に揺さぶりながらスカートを下半身からずり落としていく。

あっ、スリップを着ているんだ……。

スカートを失った下半身は、膝上十五センチくらいの艶々とした黒いスリップに包まれていた。黒に近いダークブルーのスーツに、スリップの色調を合わせているところが心憎い。

下着にも手を抜かないタイプなのだろう。両足を包み込むストッキングは、やや濃いめのブラウンだ。

立ちあがって玄関のほうに向かいかけていた浩之は、もう一度クッションの上に腰をおろした。

「どうせ脱ぐなら、色っぽく脱いでくださいよ」

「あーんっ、色っぽくなんて……」

ヤジめいた浩之の言葉に、香帆は肩先をびくりと上下させた。今度はジャケットに指先を伸ばし、前合わせボタンをひとつずつ外していく。

弥生や莉莎子と比べると、胸元のふくらみは控えめな感じだ。ジャケットの前合わせボタンがすべて外れ、黒いスリップに包まれた胸元が露わになる。香帆はジャケットから両腕を引き抜き、床の上に舞い落とした。

スーツの上からでも華奢な印象だったが。スリップ姿になるとスレンダーなのがいっそう際立つ。スリップの裾からのぞく太腿やふくらはぎにも、余分な肉は感じられない。そうかといって、ぎすぎすと骨ばった感じでもない。

全体的に厚みの薄い肢体は、まるで十代のアイドルみたいだ。それなのに、ボブヘアと銀縁のスリムなメガネが印象的な顔立ちは、三十代前半に相応しい色香を滲ませている。

「ああっ、恥ずかしいっ。こんなの……」

香帆は胸元や裾に同系色のモチーフや刺繍をたっぷりとあしらった、黒いスリップに包まれた胸元を隠そうとした。スリップの胸元からは、お揃いのブラジャーが見え隠れしている。

ブラジャーとショーツだけではなく、スリップまでセットで揃えているところに彼女の美意識の高さが感じられた。

「あんまり焦らさないでくださいよ」

浩之は彼女の肢体を舐めるように視線を這わせた。ほっそりとした二の腕、黒いブラジャーの肩紐がかかる鎖骨もくっきりと浮きあがっている。

「そんなふうに見つめられたら……かっ、身体が熱くなっちゃうっ……」

香帆はスリップに包まれた肢体をなまめかしくくねらせた。こんもりとした乳房が身体の動きに合わせるように揺れる。彼女は銀縁の眼鏡を外すと、壁際に置かれた木製のラックの上に載せた。眼鏡を外しただけで、より女っぽさが漂う。

牡の視線に促されるみたいに、彼女はスリップの肩紐を指先でずりおろした。大きな楕円を描くようにヒップをしどけなく揺さぶると、つるつるとしたスリップが少しずつずり落ち、最後はしゅるりと床の上に舞った。

これで、彼女はモチーフや刺繍をあしらった、黒いブラジャーとお揃いのショーツ、ブラウンのストッキングだけをまとった姿になった。見れば見るほどに無駄な肉がない。それなのに、乳房やヒップは女性らしい流線形を描いている。

クッションの上に腰をおろした浩之は、無言のまま熱い眼差しを彼女の肢体に注ぎ続ける。まるでただひとりの観客のためにストリップショーを演じているみたいだ。

浩之は目の前に置かれているサワーのグラスを口元に運んだ。

身体がかあーっと熱くなるのは、度数が高いとは言い難い酒のせいだけではない。

「あんまりじっと見られていると、くらくらしちゃいそうっ……」

香帆は頬だけではなく、肉づきの薄い首筋の辺りまでうっすらとピンク色に染めていた。彼女は少し考えるような表情をすると、ブラジャーではなくストッキングの脱ぎおろしにかかった。

ウエストに軽く食い込んだストッキングに両の指先をかけ、尻を左右に揺さぶりながら少しずつ脱ぎおろしていく。

サポートタイプのストッキングを足元から引き抜くと、完全に生足になった。足の爪にはやや濃いめのネイルが塗られている。彼女らしく足の先までお洒落には手を抜かないらしい。

「せっかくだから、ご自慢のオナニーグッズを持って近くに来てくださいよ」

浩之の言葉にこくりと頷くと、香帆はベッドサイドに置かれていた卑猥な道具を両手で抱えながら近づいてきた。

「いいですね、よく見えるようにココに座ってくださいよ」

浩之が指し示したのは楕円形のテーブルだった。それほど大きくはないが、木製でしっかりとした造りだ。彼女はテーブルの上に淫靡な道具を置くと、おずおずと腰をおろした。

普段の彼女ならば、食卓を兼ねたテーブルの上に腰をかけるような行儀の悪い真似はしないのだろう。でもいまは淫らな欲望が、彼女を衝き動かしている。

テーブルに腰をおろしたことで、クッションの上に座った浩之との距離がぐっと縮まる。

「そんなふうに見つめられたら、はっ、恥ずかしいわっ……」

恥じらいを誤魔化すように、香帆はサワーが入っているグラスに手を伸ばした。アルコールの勢いがないと羞恥心を堪えきれないのだろう。

「恥ずかしいなんて言いながら、本当はいやらしい期待に身体が火照ってるんじゃないですか？」

浩之はテーブルの上に置かれていた卵型のローターを手にした。実際に手にするのははじめてだが、ビデオなどで何度も目にしているので一番わかりやすい道具だ。

ローター部分とリモコン部分が細いコードで繋がっている。リモコン部分の丸いスイッチを入れた途端、ローターがぶるぶると振動をはじめる。

鈍い振動音を耳にすると、香帆は艶めかしい表情を浮かべた。きっとローターが肌に触れる感覚を思い浮かべているのだろう。

「まだなにもしていないのに、ずいぶんとエッチな顔をするんですね。なんだか興味が湧いてきますよ」

ビデオなどで見ていたので、ローターはどこにでも使える万能的なアイテムだとわかっている。黒いブラジャーとショーツ姿の人妻を前に、ある企(たくら)みが頭の中に浮かぶ。

「せっかくだから、まずはこれで楽しみましょうか」

言うなり、浩之はクッションからわずかに尻をあげると、鈍い振動音を立てるローターを彼女のブラジャーのカップの中に押し込んだ。

ブラジャーが乳房をしっかりと包んでいるので、ローターが乳首から多少ずれていたとしても十分に振動を楽しめるだろうという趣向だ。

「ああっ、こっ、こんな……」

さらさらとしたショートボブを揺さぶりながら、香帆は惑乱の声を洩らした。ブラジャーの中に放り込んだローターが、ぶーんという賑やかな音を奏でている。

「本当はこんなものでは物足りないんでしょう。実はこれに興味があるんです。香帆さんがこれでどんなふうにオナッてるのかと想像すると、ぼくのココだって硬くなってくるんですよ」

わざともったいをつけた言いかたをすると、クッションの上に胡坐をかいた浩之は自らの股間をこれ見よがしに撫で回した。目の前では、黒いブラジャーとショーツしか着けていない人妻が淫らな姿を晒(さら)している。

ましてや、その胸元には鈍い振動音を立てるローターが仕込まれているのだ。二十代の若茎が反応しないはずがない。コットン素材のズボンの上からでも、その中身が膨張しているのがはっきりとわかる。

「かっ、管理人さんのオチ×チンだってぇ……」

香帆は口元を小さく蠢かせながら、卑猥な単語を口走った。

「コレが欲しいんですか。香帆さんって見た目によらずいやらしいんですね。だったら、ぼくをもっともっと挑発してくださいよ。そうだな。こいつをどんなふうに使ってオナッてるのか、ぼくの目の前で実演してくださいよ」

言うなり、浩之はクリトリス吸引型だというバイブを手渡した。雫のような形のそれは、女の手のひらにすっぽりと収まるくらいのサイズだ。

「こっ、これは……ああんっ、これを使っているところを、見られちゃうだなんて……」

クリトリスを愛でるという行為自体が、愛撫の中でも上級者コースだ。ましてや、指先や舌などではなくそれ専用に開発されたオナニーグッズで行うと聞けば、好奇心をかき立てられないはずがない。

「嫌ならばいいんですよ。ここでのことはすべてなかったことにして、ぼくは自分の部屋に戻って香帆さんの下着姿をオカズにして抜くだけですから」

浩之はわざとらしく言い放つと、クッションから腰をあげた。

「だっ、だめっ、まっ、待ってよ。なかなか決心がつかなかっただけなのよ。いいわ、それを使うわ。それを使ってオナニーをするから……はあっ、いやらしいところをじっくりと見て……」

端正な顔立ちを恥辱に歪めながら、香帆は全身を揺さぶった。ブラジャーの中で微妙に位置がずれたのだろう。ローターの振動音が激しくなる。

マットなベージュのネイルで彩られた指先が、セミビキニタイプのショーツの両サイド部分を摑む。軽く腰を浮きあがらせるようにして、少しずつ脱ぎおろしていく。彼女の右手は吸引型のバイブを摑んだままだ。

厚みの薄い恥丘の上に繁る草むらは、ビキニタイプのショーツからはみ出さないようにやや縦長に整えられていた。まるで長方形の海苔を張りつけているみたいだ。しかし、縮れ毛自体はけっして濃いほうではない。わずかに地肌が透けて見える。

「それで、どんなふうにそれを使うんですか？」

ローターを放り込まれたブラジャーは着けているのに、下半身は生まれたままの無防備な姿だ。ハグもしていなければキスさえしていない。

それなのに剝き出しになった下腹部からは、男の心身を燃えあがらせる芳醇なフェロモンの香りが漂っていた。それは発酵が進んだヨーグルトやチーズなどの乳製品を思わせる香りだ。

「ああん、こんな明るいところでオマ×コを見られちゃうなんてぇ……」

香帆の言葉のとおり、室内の照明は煌々と灯ったままだ。視覚で興奮を覚える男とは違い、皮膚の感覚で昂ぶる女にとっては、灯りを落とすことで多少なりとも恥ずかしさが薄まるのだろう。

女としてのプライドと、淫らな欲望が香帆の中で葛藤している。しかし、その答えはベッドサイドに淫猥な道具を並べていた時点ですでに出ていた。

「ああん、恥ずかしいっ……恥ずかしいのに……こんなに感じちゃうなんてぇ……」

香帆は悩乱の喘ぎを洩らしながら、ショーツさえ着けていない下半身を少しずつ左右に開いた。甘美な牝の匂いがいっそう強くなる。劣情に駆られる浩之の上半身も前のめりになっていく。

太腿の付け根の部分には左右に広がるように、うっすらと筋が浮かびあがっていた。これはかなり細身でなければ隆起しないラインだ。あらためて彼女が華奢なことがわかる。女丘は縦長にヘアを整えているが、大陰唇などはナチュラルな感じだ。

「それで、それはどういうふうに使うんですか？」

間髪を入れない浩之の言葉に、香帆は艶めいた吐息を洩らした。右手の中に収めた吸引型のバイブのスイッチを入れる。手のひらで枇杷の尻のような部分を摑み、枝先に近い部分を剝き出しになった女の部分へと近づけていく。

香帆は左の人差し指と中指をV字形に広げると、蜜を滲ませる粘膜色の花びらを左右に大きく寛げた。さらに親指を使い、薄い肉膜に包まれたクリトリスをずるりと剝きあげた。濃いピンク色の女性器はあまりにも生々しすぎる。

熱視線を注ぐ浩之の呼吸も荒々しくなるいっぽうだ。もしもこれがリアルではなく、ビデオなどのワンシーンであればズボンを忙しなく脱ぎおろし、ただひたすらに手淫に耽るに違いない。

「はあ、見られてたら……すぐに……きっとすぐにイッちゃうわっ……」

ひとり言みたいに囁くと、香帆は電源を入れたクリトリス吸引型のバイブの吸い口を露わになった淫蕾に押し当てた。同時に鈍い振動音があがる。

小刻みに震えながら、にゅうっと吸いついてくる感覚が、浩之の脳内で再現される。それはいままで感じたことがない、極めて魅惑的なものだった。

たとえば、クリトリスではなく快感がぎゅっと詰まった牡の乳首に押し当てられたとしても、きっと悩ましい声を洩らしてしまうだろう。亀頭の裏側の肉束が盛りあがった辺りも気持ちがよさそうだ。

「あっ、いいっ、これ……よすぎてヘンになっちゃうっ……気持ちよさが頭の先まで響くみたいっ……はあっ、見られていると余計に感じちゃうっ……」

テーブルの上に座って両足を左右に大きく広げた香帆は、双のまぶたをぎゅっと閉じて快感を味わっている。食いしばった前歯から洩れる乱れた息遣いが、どれほど心地よいかを如実に表している。

「はあっ、クリちゃんが……クリちゃんがぁ、吸い取られて……取れちゃいそうなのにぃ……じんじんきちゃうっ……ああんっ、だっ、だめっ……」

左右に割り開いた太腿の内側の肉の柔らかい部分が、うねるように小刻みに震えている。無意識に太腿を閉じ合わせようとする不規則な仕草は、両手にタンバリンを持った子供のオモチャみたいだ。

見ているだけでも、トランクスの中で肉柱が窮屈そうにびくびくと蠢く。勃ち位置の悪さを調整するみたいに、浩之はクッションの上で尻をもぞもぞと動かした。

「だめなの、クリちゃんっ、弱いのっ、吸いつかれてぶるぶるされると……びょっ、秒殺でっ……ヘンになるぅっ、あーんっ、イッつ、イッちゃーうっ！」

香帆はテーブルに尻をついた格好のままで、ブラジャーに包まれた上半身を大きく弾ませた。ローターを飲み込んだブラジャーが振動音を立てている。

鈍い振動音さえかき消されてしまうほどに激しく、彼女は喜悦の声を迸らせ全身をわなわなと震わせる。

「もっ、もう……これ以上は……」

気力を振り絞って、香帆は右の手のひらの中の吸引型のバイブの電源を切った。それでも、そう簡単に余韻は収まらないらしい。

香帆の手から吸引型のバイブがぽろりとこぼれ落ちる。テーブルの上についた左手でかろうじて体勢を保ってはいるものの、いまにも仰向けに倒れ込んでしまいそうだ。

人妻のいやらしすぎる自慰行為を見せつけられたのだ。浩之のペニスも二十代の牡らしい鼓動を刻んでいる。コットン製のズボンどころかトランクスを穿いていることさえ、疎ましく思えてしまう。ヘソに向かうように反り返った屹立は早く解放してくれとばかりにびくっ、びくんと脈動を刻んでいる。

浩之はまるで蒸し暑いジャングルにでも迷い込んだみたいに、余分な衣服を忙しなく脱ぎ捨てた。こんなものはここでは邪魔なものにしか思えない。

ズボンと一緒にトランクスを脱ぎおろすと、ソックスも無造作に引き抜いた。欲望に逸るターザンにとっては、ソックスは間抜けなアクセサリーのようにしか思えない。

「ああっ、オチ×チンッ……」

吸引型のバイブでの絶頂の余韻から抜けきらない香帆が、浩之の下半身にねっとりとした視線を絡みつかせてくる。

全身を戦慄かせるほどの絶頂を味わったばかりだというのに、生身の牡の肉体、いや牡のパーツを渇望する辺りには完熟しきった女の業の深さを感じずにはいられない。

いくら頑丈そうだとはいえ、あまり大きくはないテーブルの上で覆い被さることもできない。相手はアイドル並みのスレンダーな人妻だ。

「ねえ、ベッドに……ベッドに連れていって……」

惚けたように香帆がリクエストを繰り返す。確かに、互いの快感を貪るにはリビングのテーブルは狭すぎる。

浩之はクッションから立ちあがると、へその下の辺りに力を蓄えると、ぐったりとした香帆をお姫さま抱っこでシングルサイズのベッドへと運んだ。

グラマラスな弥生や莉莎子ならば背筋が悲鳴をあげそうだが、スレンダーな香帆ならば鍛えているとはいえない浩之でもなんとか担ぎあげられる。

「あーん、お姫さま抱っこだなんて感じちゃうっ……」

ベッドにヒップをついた途端、香帆は嬉しそうな声をあげた。いくつになったとしても、女にとってお姫さま抱っこは気持ちを高揚させるらしい。

「ねえ、早くぅ……」

若々しいモノで貫かれたいとばかりに、枕に頭を載せて仰向けに横たわった彼女は両手で宙をかき抱いた。威きり勃ったものが、欲しくて欲しくてたまらないという感じだ。

「いや、まだですよ。だってまだこれでオナるところを見せてもらっていませんよ」

意味深に笑うと、浩之はパープルの男根型のバイブを彼女の目の前にかざした。

「もしかして、昨夜もこれをオマ×コに挿入れていたんですか？」

浩之は摑んだバイブの先端に鼻先を寄せた。

「ああん、そんなこと……」

香帆は声を裏返らせた。

「だって、香帆さんのオマ×コの匂いがしてきそうじゃないですか？」

「そっ、そんなこと……そんなことあるわけないでしょう。いまどきは洗えるように防水が普通だし、挿入れるときにはコンドームを使っているもの……」

年下の男の言葉に挑発されるように、香帆は女の秘密を口走った。

「……っていうことは、香帆さんはわざわざ洗ったり、コンドームを被せて使ったバイブを枕元に置いておいたってていうことですか？」

「あっ……あぁっ……」

語るに落ちるというのは、まさにこのことだろう。香帆はナチュラルなピンクベージュのルージュで彩られた唇を、前歯できゅっと噛んだ。

「それで、これはどういうふうに使っているんですか？」

クリトリスを刺激するように、小動物の頭部を模したローター部分がついた男根型のバイブを差し出す。

「そっ、それは……」

「香帆さんがいつもみたいにひとりエッチをしているところを見せてくれたら、これを根元まで突っ込んであげますよ」

浩之はぷりっと張り出した鎌首をもたげる牡柱をゆるゆると撫で回した。水平よりはるかにヘソ寄りの角度で勃起している。

「ああん、そんなふうに見せつけられたらぁ……」

香帆は差し出されたバイブを右手で摑むと、蜜裂へと向けて握り直し電源ボタンを押した。ウヴヴヴィィィーと鈍い音を立てながら、男根型のバイブレーターが動きはじめる。

えっ……。

想定外のその動きに浩之は目を見張った。ただ単に振動したりくねるように動くだけではなく、亀頭部分が三～四センチほど上下にピストン運動をしたからだ。

上下にピストン運動するだけではない、男根の根元寄りの部分に数段にわたって仕込まれた小ぶりの真珠大の玉が、ぐるんぐるんと規則正しく回転している。蜜壺の入り口に近い部分を刺激する仕様のようだ。

「いまのバイブってこんなに高性能なんだ」

呆気に取られるしかない浩之を尻目に、香帆は、

「そうなの、びっくりしちゃうくらいに性能がいいのよ。でも、やっぱり本物のオチ×チンのほうがいいに決まってるもの」

と熱弁しながら、うるっとした視線をペニスに注いだ。それでも、男根を模したバイブで悦びを貪るシーンを見たいという欲望は収まらない。

「だったら、どのくらい性能がいいのか、オマ×コに突っ込んで見せてくださいよ」

香帆は枕に頭を載せ、仰向けに横たわっている。浩之はシングルサイズのベッドの上で場所を移動した。香帆の下半身をじっくりと観察できるように、その頭部に跨る

ように両膝をつく。香帆の乳房や下腹部を見渡せる絶好のポジションだ。

「オナニーを見たいだなんて、管理人さんって変態みたいっ……」

「よく言いますよ。わざわざオナニーグッズを枕元に置いて見せびらかす人妻のほうが、よっぽど変態っぽいですよ」

そう嘯（うそぶ）くと、壁に背を向けた浩之は剝き出しになった下腹部をわざとらしく揺さぶってみせた。偉そうにふん反り返ったペニスの付け根にぶらさがった淫囊がぷらんぷらんと波を打つ。

「やだっ、変態なんて言われたら、余計にエッチな気持ちになっちゃうっ……」

香帆はうわずった声を洩らすと、Ｍの字を形づくるようにベッドの上に足の裏をつくと、両足を大きく開いた。左手の指先で花びらを左右にくぱぁと割り広げ、淫靡な音を立てるバイブレーターの先端部分を押し当てる。

すでにクリトリスを吸引するタイプのバイブに刺激され、一度エクスタシーに達している。ぶぶぶっと妖しい音を立てるバイブの先端が触れただけで香帆は、

「あっ、あーんっ、気持ちいいっ……だめよ、またすぐにイッちゃいそうっ……」

とブラジャーに包まれた胸元をのけ反らせた。ブラジャーの中に潜り込ませた卵形のローターは、いまだに振動を続けている。それでも、香帆は手にしたバイブを女の

割れ目から離そうとはしない。それどころか、少しずつ押し込んでいく。

ぶるるっ、ぶにゅっ、ぢゅぶうっ……。

脳幹を揺さぶるような卑猥な音を立てながら、花壺が擬似男根をゆっくりと飲み込んでいく。膣圧がかかるのだろうか。ずっぽりと咥え込まれたバイブの振動音がわずかに鈍くなる。

「ああんっ、いいっ……」

くねるバイブのリズムに合わせるみたいに、香帆はわずかに尻を浮かびあがらせるとヒップを狂おしげに揺さぶっている。

乳房や下腹部を眺められるように、彼女の頭部を跨ぐように膝立ちになっているので挿入部分はもろには見えない。しかし、それがよりいっそう牡の妄想を煽り立てる。

煽り立てられるのは劣情だけではない。バイブを使った人妻の自慰行為を鑑賞しているのだ。浩之の屹立はますます急な角度で反り返る。悩ましい喘ぎを洩らす唇の動きを見ていると、猛りきったものを突き入れたくてたまらなくなってしまう。

浩之はこれでもかとばかりに男らしさを漲らせたペニスの根元を右手でしっかりと握り締めると、やや前傾姿勢になって彼女の口元に近づけた。

「あっ、オチ×チンッ……」

嬉しそうな声をあげるなり、香帆は舌先をぐっと伸ばし亀頭をぺろりと舐め回した。

「はぁんっ、オチ×チン、ぬるぬるになっちゃってるぅっ……」

「当たり前ですよ。さんざんいやらしいところを見せつけられてるんです。これで勃起しなかったらどうかしていますよ」

それは浩之の本音だった。年上の女というのは、どうしてこうも魅力的なのだろう。彼女たちは自分の身体のどこが男を惹きつけるのかを、十分すぎるほどに心得ているだけではなく、どんなふうに挑発すれば、どんなふうに愛撫をすれば男がより興奮するのかを知り尽くしているみたいだ。

浩之はルージュが滲んだ唇に、肉棒を少々強引に押し込もうとした。

「ああんっ、オマ×コにはバイブが入ってるのに……お口にまでオチ×チンを咥えさせられちゃうなんてぇ……。まるで拉致(らち)られて乱暴されてるみたいぃっ……」

いやんいやんをするように髪を乱しながらも、香帆はペニスに視線をまとわりつかせてくる。男には一本しか生えていないはずのペニスが、擬似も含めてとはいえ二本もあるのだ。

香帆はまるで卑猥な妄想に耽るように、アイシャドウで彩られたまぶたをぎゅっと閉じている。大きく唇を開きペニスを含むと、柔らかい舌先をねっちりと絡みつかせてくる。きちきちに傘を広げた亀頭の割れ目からは、濃厚な粘液が噴きこぼれている。

じゅるっ、じゅるちゅちゅっ……。

香帆は頬をすぼめて、淫茎に口内粘膜をべったりと密着させながら、牡汁を音を立ててすすりあげた。まるで尿道の中に溜まっている粘液まで吸いあげようとしているみたいだ。

M字型に大きく割り広げた両足の付け根にこじ入れたバイブはピストン運動を続け、ヴヴィーンという音を立てている。

「あっ、んんんっ……はぁんっ……」

彼女の唇はペニスによってしっかりと塞がれている。ときおり、わずかに洩れる声が艶っぽい。香帆はさらなる快感を欲するように、いっそう大きく両足を割り広げた。

小動物の頭を模したローター部分へと、彼女の左手が伸びる。

吸引型のバイブを愛用するくらいなのだから、香帆はクリトリス派なのだろう。彼女はローターの部分を左手で摑むと、クリトリスにぎゅっと押しつけた。

ヴァギナにはピストン運動をしながらパールが回転する男根部分が埋め込まれ、一度エクスタシーに達しているクリトリスには、ローター部分をあてがっている。ブラジャーの中に放り込んだローターも鈍い振動音を立てていた。

さらに口には生温かい本物のペニスを咥え込んでいるのだ。まるで複数の男によってたかって弄ばれているような感覚を抱いても、少しも不思議ではないだろう。

もしかしたら、香帆は被虐的な行為に興奮を覚えるタイプなのかも知れない。淫猥すぎる快感を噛みしめるように、ぎゅっと閉じた彼女のまぶたがふるふると震えている。

「ぁ、んぁっ、ひぁっ……」

それは唐突に訪れた。身体中にエロティックなオナニーグッズをこじ入れられ、押しつけられた香帆の身体がシングルサイズのベッドの上で大きくバウンドした。身体を前後に激しく痙攣させながらも、浩之のペニスを口から吐き出そうとはしない。

身体に性的な悦びを刻み込んだ、年上の女の強欲さを思い知らされるみたいだ。そのイキっぷりの激しさに思わず息を飲んでしまう。

わなわなと震える身体の動きが少しずつ小さくなると同時に、ぎゅんとしまった膣肉に押し出されるみたいに男根型のバイブが抜け落ちた。挿入されていた部分だけでなく、クリトリスに押しつけられていた部分もぬるっとした粘液にまみれている。

「ああんっ、もうっ……」

ようやく香帆は怒張を解き放った。しかし、浩之は満足はしていない。むしろ中途半端に口唇愛撫をされたぶんだけ性的に昂ぶっている。

「香帆さんだけイクのはずるいんじゃないんですか。今日はもう二回もイッていますよね」

「あんっ、だってえっ……」

香帆は鼻にかかった甘え声を洩らした。眼鏡のあるなしで印象が異なる。いまの彼女はクールビューティなキャリアウーマンというよりも、別居している夫への不満を隠そうとしない欲求不満気味の人妻という感じだ。

「ぼくはまだ一回もイッていないんですよ」

浩之は牡汁と唾液によって、ぬめぬめとした輝きを放つ若茎を突き出した。

「ああんっ、そうよね。ごめんなさいね」

そう言うと香帆は身体を起し、両の手のひらと両膝をついた格好になった。枕を挟むように膝をついている浩之のペニスを右手で摑み、丹念に舐め回す。たらんと垂れさがった玉袋にも左手の指先をやんわりと食いこませる。

ときおり、しどけない声を洩らすのは、ブラジャーの中で振動を続けるローターのせいだろう。

「こんなにがちんがちんになっちゃうのね。はあっ、また……欲しくなっちゃうかも」

　とろりとした声で囁くと、香帆はひと際大きく唇を開き牡幹をゆっくりと飲み込んでいく。彼女がくふぅと声をあげたのは、亀頭の先端が喉の奥まで到達したときだった。

「はっ、はぁんっ……」

　彼女は大きく深呼吸を繰り返した。行きどまりだと思っていた喉の奥が少しずつ開いて、さらに奥深いところまで亀頭を迎え入れていく。柔らかい口内粘膜とは明らかに感触が違う。握りしめた指先で、ペニスをしごき立てられるみたいな感覚に近い。

「うあっ……」

　不覚にも声が洩れてしまう。それはいままで味わった感覚とはまったく異なるものだった。どうすれば、こんなにも奥深くまで肉柱を咥え込めるのかと驚嘆してしまう。

　これがディープスロートというものなのだろうか。男の浩之にとっては、想像もつかない淫技だ。どう考えても喉チ×コのさらに奥まで飲み込んでいる。

　やや骨ばったような部分で若々しさを漲らせた肉幹をじゅこじゅことしごかれると、背筋から快美感が駆けあがってくる。快感の赴くままに発射するのは容易い。しかし、それではもったいないように思えてしまう。

「香帆さんだって、本当はこれが欲しくてたまらないんでしょう？」

我ながらキザだと思える少々芝居がかった台詞が口をつく。欲しくてたまらない、人妻の深淵を味わいたくてたまらないのは浩之のほうだった。言葉を発することができない香帆が小さく頷く。

浩之は口蓋唇の奥まで咥え込まれたペニスを引き抜くと、香帆の身体に覆い被さるようにして押し倒した。所詮は狭いシングルサイズのベッドだ。いまさら枕の向きなんて関係ない。

ほっそりとした太腿を裏側から支え持つようにして、高々と掲げ持つ。吸引型のバイブでクリトリスを吸われ、男根型のバイブでピストン運動を味わっていた媚肉は蕩けきっている。

ディープスロートで暴発寸前まで昂ぶっていた牡銃の先端をあてがっただけで、待ちわびていたように花びらをわななかせながら、ぢゅぶぢゅぶと水っぽい音を奏でながら飲み込んでいく。

「ああんっ、いいぃっ……。やっぱり本物のオチ×チンが……やっぱり最高だわっ」

香帆は小鼻をヒクつかせながら、悦びの喘ぎを洩らした。その表情は吸引型のバイブでクリトリスを吸われたときより、規則正しいピストン運動をするバイブを咥え込んでいたときよりも数段悩ましく思える。

彼女はすでに二回は絶頂を迎えている。ある意味、確変状態に入っているのかも知れない。だが、浩之は一度も精を解き放ってはいない。

最後にザーメンを発射したのは三日前の莉莎子とのコスプレ情事だ。それがなければ、瞬殺だったに違いない。

「はあん、いいわあ、あったかいオチ×チンってたまらないぃっ……」

香帆はもっと深い場所を抉ってくれとばかりに、シーツから尻を浮かせながらこちらに向かってヒップを押しつけてくる。

「いいわあ、こういう感じぃっ……。だってバイブってつまらないんだもの……」

彼女はスレンダーなヒップをくねらせた。香帆が発したつまらないという言葉が、浩之をいつになく攻撃的にさせる。どんなに牡が懸命に腰を振ったとしても、彼女が満足できなければつまらないと口にされそうだ。

「普段はキャリアウーマンっぽいのに、結構淫乱なんですね」

「いやだわ、淫乱だなんて……」

「すみません、言い間違えました。ド淫乱でしたね」

浩之はわざと語気を強めた。いくつものバイブを揃え年下の男を惑わす人妻に対する、ある意味最高の誉め言葉だ。

「いやだわ、ド淫乱だなんてぇ……」

打ち消すような言葉さえ、誘い文句に聞こえる。浩之は掲げ持った両足の付け根目がけて牡槍を撃ち込んだ。

じゅぷ、ぢゅぷっ、ずずずぅっ……。

煮蕩けた淫唇から生々しい打擲音（ちょうちゃくおん）があがる。屹立を穿つたびに、柔らかい肉が執念深く絡みついてくる。ここ最近は牡の欲望を持て余す時間もないのに、ペニスがひくひくと反応してしまう。

このままでは香帆が三回目の絶頂を迎える前に射精（だ）してしまいそうだ。バイブでイカせているとはいえ、本物のペニスでイカせる前に射精してしまったら、所詮は若い男はと小馬鹿にされてしまいそうだ。

浩之はぐうっと低く唸ると、ローターを放り込んだブラジャーのカップを指先で押しさげた。振動音を立てるローターとともに、Cカップの乳房がこぼれ落ちてくる。

ローターによって、適度に規則正しく刺激され続けていたのだろう。乳成分が濃いめのカフェオレ色の乳首が、にゅうんと尖り立っている。手のひらにちょうど収まるサイズの乳房は、お椀を伏せたような形だ。

「香帆さんって、とんでもなく欲張りなんですね」

浩之はよがる香帆に向かって囁いた。余裕を見せてはいるが、本当は限界がひたひたと近付いてくるのを感じている。このままでは、長くは持ちそうもない。

思いっきり深く挿入したまま香帆の左の足を掴むといっそう高々と持ちあげ、そのまま少し荒っぽい感じで左にひねり、下半身を一歩前に突き出す。

「ああん、もっと深く入ってきちゃった……」

彼女が喉元をしならせる。これで、横向きになった香帆の肢体を背後から支える形の松葉崩しの体勢になった。これは新しい淫技や体位を試したくてたまらない、弥生のリクエストで覚えたものだ。

松葉崩しは男が主導権を握るので、優越感を感じられるとともに比較的腰を自由に使いやすい体位だ。また互いの両足をV字状に交差させているために挿入角度が深くなり、亀頭で子宮口をぐりぐりと刺激することもできる。

女は片足をあげた不安定な体勢になるので、いつもとは違う場所をこすりあげられるため新鮮な悦びを得やすい。また、少し乱暴に扱われているようで被虐的な甘美感も味わえるという。もちろん、これは弥生からの受け売りだ。

浩之は膣壁を抉り、子宮口を押しあげるようにゆっくりと抜き差しを繰り返す。べッドの上ではブラジャーからこぼれ落ちたローターが振動を続けている。それを掴むと、破廉恥な音色を立てる結合部の真上で息づく牝核にそっと押しつけた。

「ああっ、後ろからずこずこされながら……クリちゃんを悪戯されたらぁっ、あーん、だめっ、まっ、また……イッちゃうっ……イッちゃうのぉっ……！」

香帆は引き攣ったような声をあげながら、全身をびゅくんっと弾ませた。その後は満足に声にならない。野鳥のような甲高い声で鳴きながら、身体を痙攣させる。

両手を使って乳搾りをするような膣肉の締めつけがたまらない。

「だっ、だめですって……そ、そんなにぎゅんってしたら……」

三日前に嫌というほど射精したはずなのに、どうしようもないほどの快感が下腹から湧きあがってくる。

ぶっ、ぶわぁっ、どびゅっ……！

満タンのミルクタンクを蹴り倒されたみたいに、精液が一気に溢れ出してくる。浩之は香帆の下半身を掴んだ手に力がこもるのを感じた。絶頂を迎えたクリトリスが、ローターを押し返すように脈動を打っている。

「ああんっ、もうっ……もう……だめっ……クリちゃんが……壊れちゃうっ……」

掠れたような声をあげると、香帆は力なくベッドの上に倒れ込んだ——。

第四章　吊り橋効果で結ばれて

浩之がひとり暮らしをはじめて早くも三カ月が経とうとしていた。

弥生と関係を持ってから、少なくとも週に一度はなにかしらの理由をつけては部屋に呼び出されている。呼び出す理由は後づけみたいなもので、浩之との逢瀬を楽しみたいからに他ならない。

些細な理由をつけては浩之を呼び出すのは、弥生だけではなかった。一階に住む香帆や二階に住む莉莎子たちも、週に一度は浩之を自室に招き入れていた。

彼女たちに共通しているのは、管理人用のスマホにワンギリの電話をかけて浩之と連絡を取ることだ。ワンギリされれば、浩之から連絡を入れざるを得ない。

ＳＮＳなどのような男女関係を匂わせる文面は決して残さないところが、彼女たちなりの知恵に思える。

彼女たちの部屋を訪ねれば、年下の男の身体を隅々まで舐めしゃぶり、ミルクタンクが空っぽになるまで樹液を搾り尽くされる。これでは、ペニスが乾く暇がないというか、淫嚢に白濁液が溜まる時間もない。

夜も更けた頃にマンション内を歩いていても不自然に思われないために、最近では週に何度かはマンション内の巡回もするように心がけている。

不思議なことだが、浩之と身体の関係がある訳アリの人妻たちは朝のゴミ捨てなどで鉢合わせても、にこやかに挨拶や言葉を交わしている。

女というのは勘がいいと言われている。もしかしたら、お互いになんとなく浩之との関係を察しているのかも知れない。しかし、そんなことはおくびにも出したりはしない。そんなところにも人妻のしたたかさを感じずにはいられない。

年下の男との関係を楽しむことによって、彼女たちはますます生き生きとしているように思える。もともと身なりには気を遣うタイプだが、近頃はいっそうボディラインにはメリハリがつき、頬の色艶もよくなっているみたいだ。

恋愛は女を綺麗にすると言われるが、若い男との性行為を楽しむことによって女性ホルモンの分泌が活発になっているのかも知れない。

今朝は二週間に一度の分別ゴミの回収日だ。瓶は有色と無色、缶もアルミ缶やスチール缶と入れる袋が別々になっている。それだけではなくペットボトルや牛乳パック、段ボールなどとわける種類が多いので、軽い井戸端会議のようになっていた。

雑談を交わしている入居者たちとは対照的に、予備校の講師をしている若葉は不穏な気配を感じているかのように周囲のようすを探っている。

「どうしました、なにかありましたか？」

「すみません、さっきからこちらをじっと見ている男性がいて」

「男性って、まさか若葉さんのストーカーですか？」

「いえ、わたしがストーカーだと思っているのは、全体的にもっと黒ずくめの服装です。あの人は違うみたいですけど……」

浩之は若葉がチラ見をしているほうへと視線をやった。確かにジャケット姿の男が、物陰に隠れるようにこちらのようすを窺(うかが)っている。

躊躇しないわけではないが、声をかけなければいけないだろう。浩之が男のほうへと一歩足を踏み出したときだった。ジャケットの姿の男が、若葉でなく弥生の元に駆け寄ると、その場に両手両足をついたのだ。いわゆる土下座というやつだ。

「すっ、すまなかった。本当にすまなかったと思っている。だから、やり直してくれないか」

弥生は通勤用のスーツに身を包んでいた。ゴミ出しが終われば一度部屋に戻って、通勤用のバッグを携えてそのまま出勤するのだろう。それが彼女のルーティーンになっている。

「あーら、誰かと思ったら。いまごろ、いったいなんのご用かしら？」

「昨日、役所に行ったんだ。そうしたら、まだ離婚届は提出されていないって。俺のことを待っていてくれたんだろう。あの女、ひどいんだよ。一緒に暮らしはじめたっていうのに、店を辞めるわけでもなく、毎晩のように泥酔しては朝帰りで。家事もいっさいしないうえに金遣いも荒くって。それで注意をしたら、一緒に暮らしていた部屋はもぬけの殻になっていたんだ。預けておいたカードから預金も全部引き出されていて……」

男は頭をあげようとはしない。察するに年上の熟女キャバクラ嬢に入れあげて、自宅を出ていったという弥生の夫だろう。

「まあ、そんなところでしょうね。あの女はそんなことをずっと繰り返してきたみたいよ。興信所からの報告書にもそんなふうに書いてあったわ」

「そうだろう、本当にひどい女なんだ。あんな女に引っかかるなんて本当にどうかしていたよ」

「ひどいのはあなたのほうでしょう。お付き合いをしていた頃から、何度も何度も浮気を繰り返して。そのたびに許してきたわ。でも、わたしよりも十五歳も年上の熟女キャバクラの女に入れあげるなんて絶対にあり得ないわ。綺麗ならばまだ我慢もできたけれど、あんなイケてもいない女に貢いだ揚げ句に捨てられるなんて、いいざまね。どうせ、すっからかんになったものだから、わたしに泣きつきにきたんでしょう」

突き放すように言うと、弥生はマンションの階段をあがって行った。訳アリマンションの入居者たちも呆気に取られるばかりだ。しばらくすると、弥生は通勤用のバッグを手に戻ってきた。

「これよね、あなたが探しているのは？」

弥生が手にしたのは、離婚届だった。夫の欄だけではなく、妻の欄にも署名捺印がしてある。

「あなたのご希望どおり、ちゃんと署名捺印をしておいたわ」

「いっ、いや、だから……それは……」

「こうなることはわかっていたわ。だから、あえて離婚届を提出しないでおいたのよ。ほら、ちゃんと保証人の欄にも署名捺印があるでしょう？」

弥生の口調は理路整然としている。まるで、一幕の芝居を見ているみたいだ。

「わたしが今まで離婚届を提出しなかった理由はただひとつよ。あなたがぶざまな姿を晒して戻ってきたところで、今度はわたしからあなたを捨てるためよ」

「そっ……そんなふうに言わないでくれよ。今度こそ心を入れ替えるから」

「いまさら、そんな言い訳が通用するとでも思っているの。心底、甘いのね。とりあえずは実家に戻って、ご自慢の優しいお母さまに泣きついたら？　わたしも忙しいのだけれど、今日は市役所に離婚届を提出してから出勤することにするわ」

弥生の言葉には取り付く島もない。

「ま、待ってくれよ……」

情に訴えるように夫が伸ばした手を弥生はぴしゃりと払いのけると、薬指に着けていた結婚指輪を外し投げつけた。

「本当はぶん殴ってやりたいところだけれど、これで勘弁してあげるわ。だから、これできっぱりと諦めるのね。キャバクラ嬢に入れあげて給料を少しも渡さなかったのはモラハラなので市の福祉課に相談しました。夫婦で揃えた家財道具を勝手に持ち逃げしたことも所轄の警察に相談をしています。これ以上つきまとうような真似を続けるならば、ストーカーとして被害届けを出しますから」

あまりにも毅然（きぜん）とした弥生の態度は、まるで大物の女優みたいだ。

夫はその場に力なくうずくまった。ジャケットを羽織ってはいるものの、とても身なりを気遣っているとは思えない。すっかり尾羽うち枯(か)らしたという感じだ。

「すみません、朝っぱらお見苦しいところをお見せしてしまって。では、わたしはこれで……」

言葉を発することもできずにいる入居者たちの中で、莉莎子だけが感服したように小さく手を打ち鳴らしている。入居者たちは颯爽と立ち去ってゆく弥生の後ろ姿を、感慨深げに見送った。

誰ひとりとして慰めの言葉すらかけないという状況がさらに惨めさに追い打ちをかけたのだろう。やがて弥生の夫は立ちあがると、その場から足早に立ち去った。

「二階の本庄さんって、普段は穏やかな感じなのに、すごくしっかりなさっているんですね。正直、びっくりしちゃいました」

「うん、ぼくも驚きましたよ。いったん腹を括(くく)ると女性は強いですね」

隣で小声で囁く若葉の言葉に、浩之も賛同した。

「ところで、若葉さんがストーカーをされていると思っている相手は、本庄さんの旦那さんではなかったってことですよね」

「そうですね、いまだに手紙も送られてきていますし、雰囲気も全然違う気がします。わたしも本庄さんくらいに強くなれば、ストーカーなんかに怯えなくてもいいのかしら……」

「いや、いまは物騒な世の中だから、気をつけるのに越したことはないですよ」

「すみません、ご心配をかけてしまって。ただ、最近は雨が多くて……」

「えっ、雨が降るとなにか困ることがあるんですか？」

「いえ、傘を差していると周りのようすがわかりにくくて、なんだか不安なんです」

その言葉には、彼女の心細さが込められていた。確かに傘を差していると、周囲の状況を把握しづらい。

「そうですよね。なにか心配なことがあれば、すぐにスマホに連絡をください。でも、本当に緊急の場合は迷わず警察に通報してくださいよ」

「はい、ありがとうございます」

浩之の言葉に安堵を覚えたように、若葉はこくりと頷いた。

若葉が気にかけていたとおり、その後数日は雨模様が続いていた。午後八時を過ぎた頃だろうか。仕事を終えた浩之は、マンションに向かって表通り沿いの歩道を歩いている彼女の後ろ姿を見かけた。

周囲にはまだ開店している店もあり、人通りもある。だが、若葉はそれでも不安そうに、辺りを見ながら歩いている。そんなさまが、浩之の父性本能をくすぐる。

　母性本能という言葉は一般的だが、腕力や体力的では男には敵わない女性や子供を守ってやりたいと思うのも、男としては当たり前の本能だ。

　んっ、あれはっ……？。

　若葉の背後をつかず離れずの距離で追っていた浩之は、交差点の隅に隠れるように佇んでいる人物を発見した。まるで誰かを待ち伏せしているみたいだ。

　その人物は頭頂部から足先まで黒っぽい、だぼっとした衣服をまとっている。パーカーのフードをかなり目深(まぶか)に被っているので、その容姿を確かめることもできない。

　雨は霧雨に変わっていた。しかし、その人物は雨の強弱にかかわらず、ビニール製の傘を差したまま微動だにしない。若葉はその人物には気づいていないようだ。

　浩之はなんとも言い表し難い不穏な気配を感じた。うまくは言えないが、肌がぞわりと粟立(あわだ)つような感覚だ。慌てて、若葉のスマホに電話をかける。仕事を終えたばかりだからか。すぐに留守番電話に切り替わってしまう。

　ぷるっ、ぷるるっ……。

　幾度もスマホにかけるが、若葉が着信に気づく気配はない。浩之は足を速めた。十メートル、五メートル、三メートル……。若葉との距離が近づいていく。こちらのようすを窺っていた人物が、手にしたビニール傘をゆっくりと閉じた。
ヤ、ヤバいっ……。
浩之は慌てて傘を閉じ、ダッシュで若葉に駆け寄った。

若葉に追いついた瞬間、不審者がビニール傘を振り下ろす。浩之はそれを、自分の傘で受け止めて防御した。傘同士がぶつかる鈍い音があがる。

「きゃ、きゃあっ……」

異変に気づいた若葉はよけようとした弾みで、バランスを崩して道路に膝をついたが、幸いなことに襲撃犯からの攻撃は受けずに済んだ。

「やだっ、なにっ……通り魔っ！」

周囲からも金切り声があがる。ただならぬ雰囲気が漂う。通行人たちがざわつき、店の中にいた客やスタッフまでも、なにごとかと飛び出してくる。

「はっ、はやく、警察を呼んで。救急車も……」

浩之は必死で声を張りあげた。

「あっ、うぅうっ……」

握り締めていた傘を放りだすと、襲撃犯はフードで顔を隠しながら足早に立ち去ろうとした。しかし、周囲にいた人々は遠巻きにしながらも浩之たち三人を囲んでいて、その場から動こうとはしない。

襲撃犯がナイフなどを手にしていたのであれば、明らかに状況は変わっていたに違いないが、今は周囲の人間に体当たりでもしないかぎりは逃げようがない。取り囲むギャラリーの中には、見るからに屈強そうな男も数人いる。

これでは袋のネズミも同然だ。犯人はフードで顔を隠すと、その場に力なくしゃがみこみ大声で泣きじゃくりはじめた。

驚いたことにストーカーはまだ十七歳の女子高生だった。若葉とは面識さえない。若葉はいきなり襲われたショックと、よろけた拍子に膝を打ったこともあって、念のためにと一晩だけ入院することになった。

暴行傷害未遂事件の場に居合わせた浩之は簡単な事情聴取をされた後、自宅へと戻された。傘で防御できたので、怪我をせずに済んだのは不幸中の幸いだった。

相手が畳んだ長傘を振りおろすのではなく、刃物のように突いてきたとしたら怪我どころでは済まなかったに違いない。

翌日、退院した若葉は年の離れた姉を伴って、管理人室を訪ねてきた。若葉は膝丈の浅葱色（あさぎいろ）のワンピース姿だ。その裾からは白い包帯がちらりと見え隠れしている。ジャケットを羽織っていないので、肩先や二の腕が華奢なのがいっそうわかる。

両親は若葉が自宅を出てひとり暮らしをするのは反対だったようで、こんなことに巻き込まれたというのに駆けつけてはこなかった。姉は両親の代役のようだ。

管理人室のソファに腰をおろすと、姉は大きな箱に入ったお礼の品を手渡した。

「来客はほとんどないので、こんなものしかお出しできないんですが」

浩之は冷蔵庫を開け、ペットボトルのお茶をふたりの前に差し出した。

「この子はまだショックから立ち直れていないので、わたしのほうから説明させていただきますね」

当事者ではない浩之に対して、若葉の姉が言葉を選びながらことの経緯を説明する。

「えっ、ストーカーは予備校の男子生徒さんではなかったんですか？」

浩之は驚きを隠せない。

「はい、はじめはてっきりラブレターみたいな手紙をくれた生徒さんだとばかり思っていたんですが、そうではなかったんです。何度か手紙をくれた生徒さんは、親御さんのご意向もあって、若葉が勤務する予備校よりもっと合格率が高い予備校に編入されていて」

「そうだったんですか……」

「おまけに、編入先の予備校で出会った女の子とお付き合いをはじめていたみたいで、今回のこと聞いて驚いているそうです」

「はあっ……」

必死で若葉を庇（かば）った浩之としては、少し複雑な思いだ。

「殴りかかってきた女の子は、男子生徒さんとは同級生で以前はお付き合いをしていたそうです。カレが素っ気なくなったのは、通いはじめた予備校で講師をしている若葉のせいだって勝手に思い込んだみたいで……。あんな手紙を送りつけてきたり、思い詰めてあんなことを……」

「それは災難でしたね」

浩之はペットボトルのお茶を口にした。いつもよりも苦く感じる。

「でも、もう大丈夫だと思います。今回のことで、元カレには新しい彼女がいることもはっきりとわかったし、若葉に対する誤解も完全に解けましたから。本当にご迷惑とご心配をおかけしました。ただ、相手はまだ若い女の子ですし、怪我もなかったのでご両親や警察とも相談して穏便に収めようと思っています」

「そうですね、そのほうがいいと思います」

姉の隣に座った若葉は俯（うつむ）きながら、異を唱えることもなくそれを聞いている。左膝に巻いた白い包帯が痛々しい。

「あの、怪我は？」

「お蔭さまで、この子は転んですりむいた程度で絆創膏でもいいくらいなんです。管理人さんが助けてくださらなかったら、傘とはいえ大変なことになっていたと思います。本当にありがとうございました」

深々と頭を垂れる姉の隣で、若葉も頭をさげる。

「心配なので本当は今夜は泊まりたいところなのですが、わたしにも家庭があって。申し訳ありませんが、今日は帰ります。管理人さんがいるマンションなので安心しました。今後ともよろしくお願いいたします」

若葉の姉は立ちあがると深々とお辞儀をした。つられるように彼女も立ちあがる。何度も振り返りながら去っていく若葉の姉の後ろ姿を、浩之は彼女とともに見送った。

「昨日は本当に大変でしたね。部屋までお送りしますよ。若葉さんの部屋は三階ですよね。足は傷みませんか」

「はいっ、大丈夫です。それよりも管理人さんのほうが。犯人と闘ってくれたんですよね。怖くはありませんでしたか？」

「闘うというのは大袈裟ですよ。大丈夫です。安いビニール傘が一本ダメになったくらいです。本当に攻撃をするなら、傘ではなくて刃物とかを使ったと思います。はじめから脅すくらいのつもりだったんだと思いますよ」

浩之は若葉を気遣って、いつもよりもゆっくりと階段をあがっていく。部屋の前にたどり着くと若葉は鍵を外し、玄関を開けた。室内の灯りは点いている。

「すみません、管理人さんに先に入ってもらってもいいですか？」

この数カ月間、ストーカーに怯え続けていたのだ。その相手がはっきりしたとしても、その恐怖は簡単には拭い去ることはできないのだろう。

壁際に本棚や机が置かれた室内は、まるで女子学生が暮らしているみたいだ。部屋の中央には丸いローテーブルが置かれ、窓際にはシングルサイズのベッドが置かれていた。念のためにベランダに面したカーテンも開けて確認したが、そこにも誰もいなかった。

「大丈夫ですよ。誰もいやしませんよ」

ほうーっと胸を撫でおろす声が聞こえる。

「何か飲みますか？」

若葉は冷蔵庫を開けた。扉側には飲み物類や調味料などが並んでいるが、その奥には食材も見える。多少なりとも自炊をしているようすがうかがえる。

「そうだわ。ストーカー問題が解決したら栓を開けようと思って、シャンパンを買っておいたんです。一緒に飲んでもらえませんか？」

若葉は冷蔵庫にしまっておいた、桜色のシャンパンを取り出した。そのためだけに準備をしておいたのだろうか。フルートタイプのシャンパングラスを取り出し、さっと水洗いをしキッチンタオルで水滴を拭うと、丸いテーブルの上に載せた。

ふたりはテーブルの前に置かれたクッションの上に腰をおろした。

「わたしの力では開けられなくて……」

白いふきんとともにシャンパンを渡してくる。ここは男の力の見せどころだ。留め金具を緩めると、少しずつコルク栓を押しあげていく。

ポーンッという心地よい音色を響かせて、粟立ったシャンパンが噴きこぼれてくる。若葉はそれをグラスで器用に受けとめた。もうひとつのグラスも細やかな泡が立ちのぼるシャンパンで満たす。

「ねえ、乾杯しましょう」

このところ二十代半ばとは思えないほど沈んでいた若葉は明るい声をあげると、シャンパングラスを摑み、浩之のほうへと差し出した。

「身体は大丈夫なんですか？」

「怪我っていっても、わたしが焦（あせ）って転んだだけですから。病院って大袈裟なんですよね。一応は傷害未遂事件の被害者ってことで、頭の先から足の先まで検査をされたけれど、結局は膝のかすり傷だけだったんです。それなのに、こんなに大袈裟に包帯なんか巻くから恥ずかしくて……」

浩之の心配を打ち消すように華やいだ笑顔をみせる。それはいままで浩之が見た中で一番晴れ晴れとした表情だった。

「それよりも……」

丸い小さいテーブルの周囲に置かれたクッションを持ちあげると、若葉は浩之の隣に腰をおろした。ふたりの距離は三十センチほどだ。

「ずっと気がついていたんですよ。管理人さんがわたしを心配してくれていたこと。予備校の帰りに後ろからついてきてくれたことも、一度や二度ではないですよね」

「あんなふうに周囲を見回しているのを見たら、誰だって心配になるじゃないですか」

「それなのに、絶対に声をかけてきたり、一緒に並んで帰ったりはしませんでしたよね」

「それはもしもストーカーが本当にいた場合、男と一緒にいたりしたら刺激してしまうんじゃないかと思って……。これでも、一応は気を遣っていたつもりなんです」

事件は無事に解決したのだ。浩之はいままで隠していたことを口にした。

「ああっ、管理人さんって思ってたとおりの人だわ。優しいだけじゃなくて、そこまで考えてくれていたなんて……。すきっ、だっ、大好きぃっ……」

シャンパングラスを手にしたまま、若葉は浩之のほうへとにじり寄ってくる。

大好きっ……。あまりにもストレートすぎる言葉に、浩之は心臓がばくんと高鳴るのを覚えた。

身体を重ね歓喜にむせび泣いても、人妻たちは好きという言葉を決して口にはしなかった。それはひとときのお遊びだといっているみたいだ。人妻というキーワードは魅惑的だが、同時に危うさも孕んでいる。

それだけに真っすぐに感情をぶつけてくる若葉のことを愛おしいと思えた。

「ねっ、乾杯しましょうっ」

言われるままに、差し出されたグラスの縁を軽く重ね合わせた。いつもは予備校の講師という職業柄もあってか、控えめなナチュラルなピンク色のルージュを塗っている形のいい唇は、やや濃いめのピンク色ルージュで彩られていた。

若葉はシャンパングラスに唇をつけると、ロゼカラーの液体をすうっと喉に流し込んだ。ずっと悩み続けていたのだろう。まるでツラかった思いをシャンパンで洗い流そうとしているみたいだ。色白の頬がロゼカラーのシャンパンの色に染まっていく。

若葉ははあーっと深い息を吐き洩らすと、浩之の身体にしなだれかかってきた。華奢な身体から彼女の温もりが伝わってくる。

「ほっ、本当に怖かったの。傘が迫ってくるのをみたときは、このまま……」

あのときの恐怖が蘇ってきたのだろう。浩之にもたれかかったまま、若葉は身体をびくりと震わせた。なにかにすがらずにはいられないみたいに、浩之の二の腕の辺りにしがみついてくる。

「こっ、怖くて……」

「大丈夫ですよ。もう、怖くなんかないですよ。すべては誤解だってわかったんですから」

「あっ、で、でも……」

彼女の唇は小刻みに震えている。それを見ていると、矢も楯もたまらない気持ちになってしまう。

心もとなげに蠢く唇に、浩之はゆっくりと口元を重ねた。最初は唇の表面だけを軽く重ね合わせるだけのキス。若葉は呼吸をするのを忘れたかのように、伏せたまぶたを震わせている。

それがなんともいじらしく思えてしまう。吊り橋効果の魔法にかかっているのは浩之だって同じだ。相手が手にしていたのがビニール傘だったからよかったものの、あれがもっと強度のあるもの、例えば部活動で使うような竹刀などであれば、防御に使った傘などはなんの役にも立たなかっただろう。

そう思うと、いまさらながら身体が震えてくるみたいだ。同じ恐怖感を味わっただけに、相手の気持ちは手に取るようにわかる気がした。

唇の表面だけを重ね合わせる口づけが、次第に熱を帯びたものに変化していく。互いの感情を相手に伝えるように、少しずつ唇を開き舌先を絡みつかせる。二枚の舌先はまるで溶け合うように、上へ下へと妖しい蠢きをみせる。

「あっ、ああーんっ」

若葉の息遣いも徐々に悩ましくなり、浩之の髪の毛を指先でかきあげた。密着した胸元に彼女の乳房のふくらみを感じる。スレンダーな身体には似つかわしくない量感に溢れた丘陵だ。唇を重ねたまま、ワンピースの上から乳房をやんわりとまさぐる。

この数カ月、熟れ盛りの人妻たちから誘惑されるままに身体を重ねてきた。彼女たちは浩之が呆れるほどに魅惑的で欲張りだった。

自らの感じる部分に浩之の手を導き、牡がその気になるように愛撫をねだる。それだけではない。どうすれば牡が昂ぶり、悦ぶのかも熟知している。お蔭でセックスに対しては、それなりに自信を持てるようになった。

しかし、それは相手が性欲と身体を持て余している年上の女に限ってのことだ。年下の女に対してはどう扱っていいのか、皆目見当もつかない。

いまの浩之にできるのは、若葉の反応を確かめながら少しずつ快感へと導いていくことだけだ。

ワンピースに包まれた乳房は、男の手のひらには収まりきらないサイズだ。Eカップはあるだろう。内側から外側へと優しく揉みながら、やんわりと指を食い込ませる。

「あっ、あーんっ……」

浩之に抱きつくと、若葉は、

「ここじゃ、いやっ……明るくて……恥ずかしいっ……」

と甘えるように囁いた。耳元にかかる吐息が悩ましい気持ちを倍増させる。

「歩ける？」

その問いに、若葉は恥じらうように首をかすかに横に振った。マンションの階段をのぼったのだ。打撲や擦り傷の痛みはあるだろうが歩けないはずはない。

浩之は小柄な若葉の肢体を軽々と抱きあげると、部屋の最奥にあるベッドへと運んだ。夏用の薄手の布団の表面がぎこちなくもぞもぞと動くと、浅葱色のワンピースがベッドサイドにすとんと落ちてくる。

布団の中に潜り込んだ彼女は、布団を口元まであげてこちらを見あげた。どことなく少女を思わせる雰囲気が可愛らしい。

「灯りのスイッチは？」

そう尋ねると、若葉は枕元に置かれた小物入れから取り出したリモコンを差し出した。羞恥心をあからさまにする彼女のために常夜灯に切り替える。居室部分を暗くしても玄関先の照明が洩れてくるので、二十代半ばの裸体を鑑賞することができる。

浩之も身に着けていた衣服を忙しなく脱ぎ捨てると、トランクス一枚だけになりベッドの中へ潜り込んだ。

「あっ、あったかいっ……」

シングルサイズのベッドだ。どうしたって身体が密着する。若葉は浩之の身体にすり寄ると、ホッとしたような吐息を洩らした。昨日は検査入院のために、慣れない病院ベッドの上で眠れない夜を過ごしたに違いない。

「うん、あったかいね」

そう囁くと、浩之は若葉の身体をしっかりと抱き寄せた。外見からでも華奢なのは感じていたが、腕の中に抱きしめると、いっそう細身なのを実感する。

浩之は彼女の背中に回した指先で、ブラジャーの後ろホックをぷちんと外した。

「あっ……」

若葉の声が洩れるのと同時に、浩之は布団の中に潜り込み蠱惑的なふくらみをみせる右の乳房にしゃぶりついた。右の手のひらで左の乳房をソフトなタッチで揉みしだく。

人妻のボリューム感に満ち溢れた爆乳もいいが、若々しさを滲ませるような、指先をぐっと押し返してくる弾力が指先に心地よい。まだまだ熟しきらない果実という感じだろうか。

「ああんっ……」

若葉はほっそりとした背筋をしならせた。ベッドの上を覆い隠していた薄手の布団がすべり落ちる。

「はあっ、恥ずかしいぃっ……」

彼女はベッドの上でほっそりとした肢体をうねらせた。こんもりと隆起した乳房が、乱れた呼吸に合わせて大きく小さくと波を打つ。

「若葉さんって見た目によらず、エッチな身体をしてるんですね」

「やぁん、そんなこと……」

浩之の言葉に若葉はさらに瞳を潤ませる。浅葱色のワンピースを脱いだ彼女の身体を包んでいるのは、アイボリーホワイトのショーツだけだ。若葉は恥ずかしそうに胸元で両腕を交差させた。

スリムな身体をひねったことで、ほっそりとした肢体には似つかわしくない双乳が強調される。浩之は鼻息を荒くすると、愛らしい乳首にむしゃぶりついた。

乳首の付け根に前歯を立てて甘噛みし、突き出した乳首の表面をゆるゆると舐め回すと、彼女は胸元を突き出すようにして惑乱の声を洩らした。

「はぁんっ……恥ずかしいのに……エッチな声が出ちゃうっ……」

若葉は膝の辺りに白い包帯を巻いた足をすり合わせた。包帯が幾重にも巻かれたなめらかな素肌が、妙にエロティックに思える。

浩之は瑞々しい肌をゆるゆると撫で回した。右の太腿を両手で包み込むようにして愛撫すると、若葉の声が悩ましさを増していく。太腿の付け根に指先が近づくにつれて、彼女は背筋をしならせた。

「ああんっ、それ以上はっ……」

若葉の下腹部を覆い隠すショーツの底が水気を孕み、クロッチ部分から漂う甘酸っぱい匂いがどんどん強くなっていく。浩之は楚々として見えるアイボリーのショーツの底を軽やかにクリックした。

「ああんっ、そんなふうにしたら……」

すらりとした太腿をすり合わせながら、若葉は短い喘ぎを吐き洩らす。乱れた息遣いに合わせ、Ｅカップの乳房が柔らかそうに揺れる。浩之のトランクスの前合わせも、朝露を含んだように濡れていた。

「かっ、管理人さんの……管理人さんのオチ×チンだってぇっ……」

若葉の指先がトランクスの前合わせに伸びてくる。性的な好奇心に駆られるのは男だけとは限らないらしい。ましてや女とはまったく形状が異なる牡の部分に好奇心をかき立てられるらしい。

「ああっ、こんなふうになっちゃうだなんてぇ……」

彼女の唇から驚きを含んだ声があがるとともに、牡の欲情の液体を滲ませる部分を撫でさする指使いが熱を帯びる。女とは違うのに、ぬるついた粘液が噴きこぼれてくるが不思議でたまらないという感じだ。

「はあんっ、男の人もぬるんぬるんになっちゃうなんて……」

「そうだよ、興奮すればするほどいっぱい溢れてくるんだよ」

言うなり、浩之はトランクスに手をかけるともどかしげに引きおろした。肉欲に逸る人妻たちとは異なる反応に、ペニスの先端からは先走りの液体が滲み出している。

「はあっ、すっごくエッチィッ……」

性的な昂ぶりに掠れた声をあげると、若葉は威きり勃ったものを指先で遠慮がちに握り締めた。

「こんなに硬くなっちゃうなんて……」

女とは違う男の身体の変化が信じられないというみたいに、指先を食い込ませる。

「こんなに硬くなってるんだ。我慢できないよ」

浩之は欲情しきった肉柱を誇らしげに突き出してみせた。唇や舌先の感触を想像しただけで、男根がひくひくと跳ねあがる。それだけではない。牡を惑わす蜜の匂いを漂わせる太腿のあわいに顔を埋めたくなってしまう。

浩之はシングルサイズのベッドの上で、若葉の身体を押し倒すように覆い被さった。真正面から向き合うような体勢ではなく、互いの下半身に顔を埋めるような体勢でだ。

「ああんっ。恥ずかしいっ……」

ショーツしか着けてない若葉はしどけなくヒップを振りたくる。浩之はショーツに手をかけると、恥じらいを露わにする若葉のショーツをゆっくりと引きおろしていく。秘められた女の部分が剝き出しになる。あまり濃くはない縮れた毛は綺麗な逆三角形を描いていた。

甘蜜の香りに誘われるように、浩之はすらりとした太腿の付け根に顔を近づけた。ほっそりとしているだけに大陰唇もあまり肉厚ではなく、二枚の花びらも行儀よく重なっている。舌先を伸ばして花びらの合わせ目をそっと舐めあげると、甘酸っぱい花蜜が滴り落ちてくる。

「あっ、ああーんっ……」

蕩けるような声を洩らしながら、若葉も逞しさを漲らせる肉柱に喰らいついてきた。少し拙（つたな）さを感じる舌使い。人妻のむしゃぶりつくような口唇愛撫と比べると、まるで焦らされているみたいだ。しかし、それが妙に新鮮に思える。

互いに相手の存在を確かめるように、じっくりと舌先を這わせる。粘膜部分から滲み出す蜜液はどんどん濃度が高くなっていく。

「ああん、もうっ……」

若葉が切ない喘ぎを洩らす。浩之が両手で割り広げた太腿の内側の柔らかい肉がわなわなと震えている。まるで淫らな予感に胸を躍らせているみたいだ。欲しくてたまらないのは浩之も一緒だ。

「ぼっ、ぼくだって……」

我慢しきれないというように囁くと、浩之は若葉の肢体を仰向けに押し倒した。白い包帯を巻いた太腿を抱え持つと、罪悪感を感じずにはいられない。甘蜜まみれの花びらに亀頭をあてがう。

ぢゅ、ぢゅるりっ、ぢゅぶぅ……。

ほんの少し腰に力を漲らせただけで、ひらひらとした花びらを絡みつかせながら飲み込んでいく。

「あっ、入ってくるっ、オチ×チンが入ってくるぅっ……」

ベッドの上で若葉は顎先を突き出した。白い喉元が不規則な動きを繰り返す。

「あはぁっ、硬いのがぁ……」

若葉は懸命に浩之の肢体にしがみついてくる。膝に巻いた包帯を見ると、高々と掲げ持ってはいけない気持ちになってしまう。浩之は両手で支え持っていた太腿を解放した。

「えっ……」

「大丈夫……ゆっくりと力を抜いて」

戸惑いを隠せない彼女の耳元に優しく息を吹きかける。深々と突き入れられたまま、若葉はベッドの上で両足をゆっくりと伸ばした。

「ああーんっ、これって……」

若葉は切なげに肢体をくねらせる。両足を伸ばした女の蜜壺に挿入する「竹割り」と呼ばれる体位だ。互いの身長差が合えば、女の足の裏に男の足の甲を押しつけて腰を使うこともできる。

荒々しい抜き差しを楽しむというよりは、互いの温もりを堪能する体位だ。下腹部を密着させることで、クリトリスをこすりあげることもできる。

「ああんっ、はあっ、ぐりんぐりんされてるぅっ……」

若葉はルージュで彩られた唇をぱくぱくさせながら、短い息を繋いでいる。互いの胸元や下腹部だけでなく、下肢も重なっている。密着感が高いので、互いの体温がより強く感じられる。

「あっ、こっ、こんなのぉっ……」

彼女が切ない声を洩らすたびに、膣壁が男根を甘く締めつけてくる。前後に腰を揺さぶると、ペニスの付け根にとくとくと息づく淫蕾が当たる。

「これは……ヤバいっ、ヤバいかも……」

浩之はくぐもった声をあげた。正常位と比べると激しく腰を振り動かせるわけではないが、怒張を咥え込んだ女の部分が悦びを伝えてくる。それがたまらない。

「ああっ、んんっ、感じちゃうっ……クリちゃん、ぐりぐりされると……あーんっ、ヘンになっちゃうっ……」

若葉は無我夢中というように、浩之にしがみつき唇を重ねてきた。まるで限られた酸素をわけ合うような濃厚なキス。息苦しさが性感を急速に盛りあげる。

だっ、だめだっ……でっ、射精るぅっ……。

言葉を発する代わりに、浩之は若葉の肢体をかき抱いた。

「あっ、ぁぁぁっ、ひぁっ……」

彼女の唇から切羽詰まった声が迸る。いっきに蜜肉の締めつけが強くなる。

「ああっ、でっ……射精るぅっ……!」

「あーんっ、わたしも……わたしもイッ、イッちゃうっ!」

ふたりは喜悦の声をあげながら、互いの身体を抱きしめ合う。

どくんっ、どくっ……びゅうんっ……。

女のぬかるみの中で劣情の液体が発射される。

「ああっ、すっ……すきっ、離さないでっ……」

恋慕（れんぼ）の情を滲ませる法悦の声を耳にしながら、浩之は彼女の膣内に熱い液体を乱射した。精液を発射しきった浩之の身体に、甘えるようにすり寄ると若葉は、

「ねえ、もしも、あのときに襲われたのがわたしじゃなかったらどうしたの？」

と尋ねた。浩之はその問いに即答できなかった。もしも襲われていたのが若葉ではなかったとしたら、あんなふうに傘を武器代わりに防御できただろうか。

相手のことが気にかかる、些細なことでも心配してしまう。それ自体が相手に対して、なんらかの感情を抱いていることなのだと思い知らされた気がした。


若葉を抱いた夜から二日が過ぎた。今朝は可燃ゴミの収集日だ。

「おはようございまーす」

明るい声をあげながら、入居者たちが半透明の袋を手にやってくる。訳アリマンションは今日も満淫御礼だ。


（了）

※本作品はフィクションです。作品内に登場する
団体、人物、地域等は実在のものとは関係ありません。

わけあり人妻マンション

〈書き下ろし長編官能小説〉

2022年6月20日初版第一刷発行

著者……………………………………………鷹澤フブキ

小林厚二

発行人…………………………………………後藤明信
発行所…………………………………株式会社竹書房
〒102-0075 東京都千代田区三番町8-1
三番町東急ビル6F
email：info@takeshobo.co.jp
竹書房ホームページ http://www.takeshobo.co.jp
印刷所……………………………中央精版印刷株式会社

■定価はカバーに表示してあります。
■落丁・乱丁があった場合は、furyo@takeshobo.co.jp までメールにてお問い合わせください。